Martin Amis

L'état de l'Angleterre

précédé de

Nouvelle carrière

Traduit de l'anglais
par Jean-Michel Rabaté

Gallimard

Ces nouvelles sont extraites de *Eau lourde* et autres nouvelles.

Fils de Kingsley Amis, l'un des grands ténors de la satire grinçante anglo-saxonne, Martin Amis est aujourd'hui plus célèbre que son père. Né à Oxford en août 1949, marié deux fois et père de trois enfants, Martin Amis aime le billard, les fléchettes, le tennis et le flipper. En 1973, il fait son entrée en littérature avec *Le dossier Rachel* qui obtient le prix Somerset Maugham. De 1977 à 1979, il est rédacteur en chef littéraire de l'hebdomadaire *New Statesman* et il collabore régulièrement comme journaliste chroniqueur ou critique littéraire à *The Observer, Esquire, Vogue, The Times*. Dédié à son père, *London Fields*, son plus grand succès, paraît en 1989. En 1996, *L'information* relate l'histoire de deux romanciers, amis-ennemis, partenaires au sport et adversaires dans les lettres : à l'un, Gwyn Barry, tout sourit, la gloire littéraire et le bonheur conjugal — tout sauf le talent. Pour l'autre, Richard Tull, rien ne va plus : il se racornit, malheureux en amour et maltraité par la vie. L'héroïne de *Train de nuit*, thriller truqué paru en 1999, est une femme médecin-légiste qui bute sur l'énigme du suicide de Jennifer qui semblait avoir tout pour elle... Son livre suivant, *Eau lourde*, dont sont extraites les deux nouvelles de ce recueil, contient plus de tendresse pour les personnages vulnérables, tout en conservant la précision d'une écriture ludique, vive, décapante. En 2001, paraît en

France son deuxième roman, *Poupées crevées*, satire brillante de la « libération » sexuelle qui décrit avec un humour ravageur l'anéantissement d'une communauté qui se voudrait sadienne et n'est que dérisoire. Marionnettiste froid, le romancier maltraite ses pantins pour la plus grande jubilation du lecteur. *Réussir* met en scène, comme dans *L'information*, deux personnages opposés : tout réussir à l'arrogant Gregory : argent, amours, prestige. Pour son frère adoptif, le pleutre Terence, la vie n'est qu'une longue suite de fiascos et de lamentations : hantise du chômage, frustration sexuelle, souvenir traumatique d'une tuerie familiale… Mais qui est vraiment Gregory, un homme à succès ou un pauvre type ? Et Terry, qui en fin de compte connaît la réussite, n'est-il pas en fait aussi odieux que lui ? Autre personnage peu sympathique, John Self, le héros de *Money, Money,* est arrogant, ignorant et égoïste. Pourtant, on finit par l'apprécier !

Martin Amis vit actuellement à Londres, où il est un acteur de la vie sociale et mondaine — les tabloïds commentent avec intérêt ses faits et gestes. En une dizaine de romans, il s'est imposé comme un moraliste incisif et terriblement perspicace.

Nouvelle carrière

Quand Alistair termina son nouveau scénario, *Quasar 13 attaque*, il le soumit à PM et attendit. Ces dernières années, il avait vu plus de douze scénarios rejetés par le *Petit Magazine*. En revanche, son dernier envoi, un ensemble de cinq, lui avait été retourné non pas avec la lettre de refus habituelle mais avec une note manuscrite du directeur de la section scénarios, Hugh Sixsmith. Sa note disait :

J'ai vraiment bien apprécié deux ou trois de ces textes, et ai même été sérieusement tenté par Fureur torride *qui m'a paru approcher d'un certain aboutissement. Continuez donc à m'envoyer vos trucs.*

Hugh Sixsmith lui-même était un scénariste à la réputation considérable, quoique ambiguë. Pour une note d'encouragement, c'était vraiment encourageant. Elle redonna à Alistair du cœur au ventre.

Hardiment, il se mit au travail et prépara *Quasar 13 attaque* pour cet envoi. D'un doigté plein de sollicitude, il vérifia que les pages du manuscrit étaient bien justifiées. Alistair n'envoya pas son enveloppe à Monsieur le Directeur de la Section scénarios, non, il l'envoya à M. Hugh Sixsmith. Et pour la première fois il ne joignit pas son curriculum vitae, qu'il considérait maintenant avec un certain malaise. Sur un rythme abrupt et sans pitié, il égrenait le décompte des scénarios qu'il avait publiés dans divers feuilletons électroniques et fanzines à l'obscurité presque comique ; il faisait même mention de scénarios publiés dans le magazine de son université. L'élément vraiment douteux venait à la fin, avec cette phrase : « Droits offerts : uniquement pour la première publication en feuilleton, valable pour la Grande-Bretagne. »

Alistair passa beaucoup de temps sur la lettre d'explication accompagnant l'envoi à Sixsmith — presque autant qu'il en avait mis à écrire *Quasar 13 attaque*. Plus il y travaillait, plus sa lettre était courte. Enfin il fut satisfait. Dans l'aube naissante, il prit l'enveloppe et lécha lentement son bord gommé qui luisait faiblement.

Ce vendredi, en route vers son travail, et soudain désespéré, Alistair se débarrassa de son paquet au petit bureau de poste temporaire de Calchalk Street, derrière Euston Road. Délibérément, tout à fait délibérément, il n'avait pas joint d'enveloppe timbrée à son adresse. La lettre d'accompagnement disait simplement : « Bon à quelque chose ? Sinon au p. »

« Au p. » voulait dire, bien sûr, « au panier », le genre de réceptacle qui prenait des proportions énormes et angoissantes dans la vie d'un aspirant scénariste. La main sur le front, Alistair sortit de biais, frôlant les cartes d'anniversaire, les retraités faisant la queue pour leurs pensions, les enveloppes et les ficelles d'emballage.

Quand Luke eut terminé le nouveau poème — intitulé simplement « Sonnet » —, il photocopia son tirage papier et faxa la feuille à son agent. Quatre-vingt-dix minutes plus tard, alors qu'il remontait de son gymnase et préparait son jus de fruits spécial, son répondeur lui annonça, entre autres choses, qu'il devait contacter Mike. Tout en cherchant un autre citron vert, Luke appuya sur la touche Mémoire et obtint Talent International.

« Ah, Luke, dit Mike, ça bouge, nous avons déjà une réponse.

— Ouais, comment ça ? Il est quatre heures du matin chez lui.

— Non, il est huit heures du matin chez lui. Il est en Australie. Il met la dernière main à un poème avec Peter Barry. »

Luke ne voulait pas entendre parler de Peter

Barry. Il se pencha et arracha son débardeur. Les murs et les fenêtres gardaient une distance respectueuse, la pièce n'était qu'un large flot de soleil et de brume éblouissante. Il tira sur sa paille et sirota une gorgée : l'extraordinaire amertume du jus lui fit lever les coudes et hocher la tête d'un air mécontent. Il dit : « Qu'est-ce qu'il en a pensé ?

— Joe ? Il est tombé à la renverse. Il a dit : "Dis à Luke que je suis fou de son nouveau poème. Je sens que 'Sonnet' ça va être quelque chose." »

Luke prit les choses froidement. Il n'était pas vieux, mais il était dans la poésie depuis assez longtemps pour prendre tout ça avec calme. Il se retourna. Suki, partie faire des courses, entrait dans l'appartement, non sans mal. Elle était encombrée de tous ses paquets. Luke dit : « Tu n'as pas encore donné de chiffre. Je voudrais avoir une estimation de base. »

Mike dit : « On se comprend. Joe sait que Monad est intéressé. Et Tim de chez TCT. »

« Bien », dit Luke. Suki venait vers lui de sa démarche féline et, au fur et à mesure, laissait tomber ses divers achats — des sacs brillants, des valises d'osier, des boîtes dorées.

« Ils vont vouloir te faire venir au moins deux fois, dit Mike, d'abord pour discuter... Ils n'arrivent pas à comprendre que tu n'habites pas là-bas. »

Luke voyait bien que Suki avait dépensé beaucoup plus qu'elle n'aurait voulu. Il le devinait à la patience subtile qu'il décelait dans son souffle alors qu'elle passait sa langue le long de son dos, léchant ses omoplates couvertes de sueur. Il dit : « Allons, Mike. Ils savent bien que je déteste L. A. et toute cette saleté de ville de merde. »

En allant au travail le lundi matin, Alistair était affalé dans le siège de l'autobus, pris en tenaille entre son ambition et son anonymat. Il avait un fantasme particulièrement insistant : il entrait dans son bureau, le téléphone se mettait littéralement à sauter en l'air... c'était Hugh Sixsmith du *Petit Magazine* qui, d'une voix tendue et grave, lui annonçait la grande nouvelle : il allait passer son scénario dès le prochain numéro. (Pour dire la vérité, Alistair avait déjà eu ce fantasme le vendredi précédent, à un moment où on pouvait penser que *Quasar 13 attaque* passait encore de bac en bac dans la salle de tri de la poste auxiliaire.) Son amie, Hazel, était venue de Leeds passer le week-end avec lui. Ils étaient si petits, Hazel et lui, qu'ils pouvaient sans problème partager son lit à une place, s'y prélasser et s'étirer à leur aise. Le samedi soir, ils allèrent écouter une lecture de scénario dans une librairie sur Camden High Street. Alistair espérait impressionner Hazel par sa familiarité grandissante avec ce milieu (et, de fait, il réussit à échanger quelques grimaces timides avec des personnages hésitants, de vagues connaissances ou confrères : auteurs, chasseurs, amateurs). Mais, à cette époque, Hazel semblait suffisamment impressionnée par lui, quoi qu'il fasse. Alistair resta au lit le lendemain matin (c'était au tour de Hazel de faire le thé) et réfléchit à cette idée : faire forte impression. Hazel l'avait énormément impressionné sept ans plus tôt, au lit : en s'abstenant de se lever quand il s'était couché. Le téléphone sonna plusieurs fois dans son bureau ce lundi-là, mais personne n'avait rien à dire de *Quasar 13 attaque*. Alistair vendait des espaces publicitaires dans un bulletin agricole, et ses interlocuteurs voulaient plutôt parler de pesticides et du retraitement des bouses de vache.

Il n'eut aucune nouvelle pendant quatre mois. Ce qui aurait dû, normalement, être un bon signe. Cela voulait dire, ou pouvait vouloir dire, que votre scénario était traité avec la considération sérieuse, voire exigeante, qu'il méritait. Ce qui était mieux que de recevoir le texte par retour du courrier sur votre paillasson. D'un autre côté, Hugh Sixsmith avait pu faire écho à l'esprit de la lettre d'Alistair en mettant aussitôt au panier *Quasar 13 attaque*. Relisant sa copie carbone qui s'effaçait, Alistair maudissait maintenant son insouciance et son geste à l'emporte-pièce. Il n'aurait pas dû écrire : « Bon à quelque chose ? Sinon au p. », mais bien : « Bon à quelque chose ? Sinon r. ex. » ! Chaque matin, il descendait les trois étages pour voir trier le courrier. Et quand venait le troisième vendredi du mois, plus ou moins régulièrement, il arrachait le bandeau du *PM* et l'ouvrait en hâte au cas où Sixsmith l'aurait publié sans le prévenir, pour lui faire une surprise.

« Cher Monsieur Sixsmith », se répéta Alistair dans le train qui le menait à Leeds. « Je suis tenté de publier ailleurs le manuscrit que je vous ai envoyé. Je suis bien sûr que... Je pense qu'il est plus raisonnable de... » Il poussa ses jambes pour laisser entrer d'autres passagers. « Mon cher Monsieur Sixsmith : En réponse à une demande de... je rassemble une sélection de mes scénarios pour... » Alistair rejeta la tête en arrière et contempla la vitre crasseuse. « Pour les Livres du Trouchon. Il paraît que les éditions du Savetier s'intéressent aussi... Ce qui va entraîner pour moi une correspondance indispensable même si... Pour garder trace de... Ce qui arrangerait bien les choses... Bien sûr si vous... »

Luke était vautré dans un confortable fauteuil style Bauhaus du Club VIP à l'aéroport de Heathrow, buvant un verre d'Évian et se servant du fax mis gracieusement à la disposition des voya-

geurs — il essayait de régler avec Mike les for-
malités préliminaires à propos du poème.

Tout le monde gardait un silence respectueux,
l'air heureux de se trouver dans cette salle, sauf
Luke qui avait une mine dégoûtée. Il volait en
première classe vers l'aéroport de L. A. où un
chauffeur en livrée allait le conduire en limou-
sine ou en voiture de fonction vers l'immeuble
Trumont Pinnacle sur l'avenue des stars. La première classe, ça ne voulait pas dire grand-chose.
En poésie, la première classe, ça allait de soi. On
n'y pensait même plus. Ça allait avec la fonction.
Ça faisait partie du boulot.

Luke était tendu, sous pression. Beaucoup de
choses dépendaient de « Sonnet ». Si « Sonnet »
ne marchait pas, bientôt il n'aurait plus les
moyens de garder ni son appartement ni sa petite
amie. Il se remettrait assez vite du départ de Suki.
Mais il ne se remettrait pas de ne plus pouvoir se
payer son appartement. Pour dire la vérité, son
contrat pour « Sonnet » n'était pas extraordinaire. Luke était furieux contre Mike, exception
faite de la nouvelle clause sur les retombées
d'exploitation (comme les produits dérivés du
poème, jouets ou T-shirts) et le pourcentage plus
important qui lui était accordé sur les ventes en
clubs et les suites éventuelles. Et puis il y avait Joe.

Joe appelle et il fait : « Nous pensons vraiment
que "Sonnet" va marcher, Luke. Jeff le pense
aussi. Jeff vient d'arriver. Jeff ? C'est Luke. Tu

veux lui dire quelque chose ? Luke. Luke, Jeff au téléphone. Il veut te dire quelque chose sur "Sonnet".

— Luke ? dit Jeff. Jeff. Luke ? Vous êtes un écrivain de talent. C'est merveilleux de travailler avec vous sur "Sonnet". Je vous passe Joe.

— C'était Jeff, dit Joe. Il est fou de "Sonnet".

— Alors de quoi allons-nous parler, dit Luke. En gros.

— Sur "Sonnet" ? Eh bien, le seul point sur lequel nous avons un problème avec "Sonnet", Luke, du moins tel que je le vois, moi, et je sais que Jeff est d'accord là-dessus, et c'est en plus l'avis de Jim, c'est la forme. »

Luke hésita. Puis il dit : « Tu veux dire la forme dans laquelle "Sonnet" est écrit ?

— Oui, c'est ça, Luke. La forme du sonnet. »

Luke attendit le dernier appel et fut ensuite guidé, avec une politesse qui resta sans réciprocité, vers le fuselage de l'avion.

« *Cher Monsieur Sixsmith* », écrivait Alistair,

Alors que je reprenais certains dossiers l'autre jour, je me suis vaguement rappelé vous avoir envoyé il y a quelque temps une pochade sans prétention intitulée Quasar 13 attaque. *Je crois que cela fait plus de sept mois, si je ne m'abuse. Ai-je raison de penser que vous ne vous intéressez pas à ce manuscrit ? Je pourrais vous*

importuner avec un autre (voire deux!) que j'ai ter-
miné depuis. J'espère que vous allez bien. Merci beau-
coup pour vos encouragements passés.

Est-il besoin de dire à quel point j'admire votre
œuvre? Sa rigueur, sa profondeur. Quand pouvons-
nous attendre, si vous me permettez cette question, un
autre « mince volume »?

Il posta tristement cette lettre à Leeds un
dimanche après-midi de pluie. Il espéra que le
cachet de la poste témoignerait de sa mobilité et
de sa persévérance.

À présent, pourtant, il se sentait vraiment plus
solide. Il y avait eu une période récente d'environ cinq semaines pendant laquelle, il commençait à s'en rendre compte, il avait frôlé la folie.
Cette lettre à Sixsmith n'était qu'une lettre parmi
les dizaines qu'il avait rédigées. Il s'était mis à
fréquenter assidûment les bureaux du *Petit Ma-*
gazine à Holborn : pendant des heures, il restait
assis, enfoncé dans les banquettes des petits cafés
et des sandwicheries d'en face, avec l'intention
plus ou moins déclarée de sauter sur Sixsmith
si jamais il apparaissait — ce qui jamais ne se
produisit. Alistair commençait à se demander
si Sixsmith existait vraiment. Peut-être n'était-il
qu'un acteur, un fantôme, une habile fiction?
Alistair téléphona au *Petit Magazine* de plusieurs
cabines. Diverses voix répondirent, mais personne ne savait où étaient les autres et à trois ou

quatre reprises seulement Alistair put entendre résonner à l'autre bout de la ligne la quinte de toux apparemment sans fin de Sixsmith. Alors il raccrocha. Il ne pouvait pas dormir, ou pensait qu'il ne pouvait pas dormir, car Hazel lui dit que toute la nuit il geignait et grinçait des dents.

Alistair attendit presque deux mois. Puis il envoya encore trois scénarios. L'un parlait d'un flic robot qui sort de sa retraite anticipée quand sa femme est tuée par un meurtrier en série. Un autre traitait de l'infiltration par les trois Gorgones d'une agence de call-girls dans le New York contemporain. Le troisième était un opéra rock version heavy metal qui se passait dans l'île de Skye. Il y joignit une enveloppe timbrée à son adresse, de la taille d'un sac à dos.

L'hiver était exceptionnellement doux.

« Puis-je vous servir quelque chose avant le repas ? Un cappuccino ? De l'eau minérale ? Un verre de sauvignon blanc ?

— Un double espresso décaféiné, dit Luke. Merci.

— Je vous en prie. À votre service, monsieur.

— Hé, dit Luke quand tous eurent fini de commander, ils sont tous à mon service ici, on dirait ! »

Les autres sourirent patiemment. De telles remarques étaient la conséquence du fait que, en dépit de son apparence et de son accent,

Luke était anglais. Ils s'assirent tous à la terrasse de chez Bub : Joe, Jeff, Jim.

Luke dit : « Qu'a donné "Pastorale près d'une barrière de chêne" ? »

Joe dit : « Sur le marché national ? » Il jeta un regard du côté de Jim puis de Jeff. « Je crois... quelque chose comme *quinze.* »

Luke dit : « Et au niveau mondial ?

— Ça n'atteint pas le niveau mondial.

— Et que donne "Corbeau noir sous une pluie fine" ? » demanda Luke.

Joe secoua la tête : « Il n'a même pas atteint le niveau de "Moutons dans la brume".

— Ce sont tous des remakes, dit Jim. Des pastiches à la con.

— Et alors "Chêne de tourbe" ?

— "Chêne de tourbe" ? Ooh, peut-être bien vingt-cinq. »

Luke dit d'un air pincé : « J'entends de bonnes choses au sujet du "Vieux jardin botanique". »

Puis ils parlèrent d'autres fiascos et flambées de Noël, repoussant autant qu'ils le pouvaient le moment de parler du succès que TCT avait obtenu avec « C'est lui dont le mépris tantôt », qui n'avait pratiquement rien coûté à produire et qui avait déjà rapporté cent vingt millions dans les trois premières semaines.

« Qu'est-ce qui s'est passé ? demanda enfin Luke. Bon Dieu, c'était quoi, le budget promo ?

— Sur "C'est lui dont" ? dit Joe. Oh rien. Deux, trois peut-être. »

Ils hochèrent tous la tête. Jim restait philosophe. « Voilà ce que c'est, la poésie.

— Il n'y a pas d'autres sonnets en cours de production, j'espère ? » dit Luke.

Jeff dit : « Binary est en postproduction avec un sonnet "Composé au château de". Encore un pastiche à la con. »

Leurs soupes et leurs salades arrivèrent. Luke se dit que c'était probablement une erreur, arrivés à ce point, de continuer à faire des sonnets. Un moment plus tard, il dit : « Comment s'est comporté "Pour Sophonisba Anguisciola" ? »

Joe dit : « "Pour Sophonisba Anguisciola" ? Pitié, ne me parle pas de "Pour Sophonisba Anguisciola". »

Tard dans la nuit, Alistair travaillait chez lui à un scénario sur un SDF noir surdoué qu'un sorcier terroriste des Moluques du Sud transformait en boursicoteuse blanche. Soudain il repoussa son manuscrit avec un grognement et saisit une feuille neuve. D'un trait, il écrivit :

Cher Monsieur Sixsmith,
Cela fait maintenant plus d'un an que je vous ai envoyé Quasar 13 attaque. *Non seulement vous avez*

négligé ce texte, mais vous avez laissé passer cinq mois sans répondre à trois autres envois plus récents. J'aurais supposé qu'une prompte réponse eût été de l'ordre de la décence la plus élémentaire de la part d'un confrère scénariste, bien que j'admette n'avoir jamais tellement aimé vos œuvres, que je trouve à la fois prétentieuses et superficielles. (J'ai lu le texte de Matthew Sura du mois dernier et j'ai pensé qu'il vous avait eu *jusqu'au* trognon.*) Vous voudrez bien me renvoyer les scénarios plus récents, à savoir* Décimateur, Méduse sur Manhattan *et* La Vallée des Stratocasters, *dans les meilleurs délais.*

Il la signa et ferma l'enveloppe. Il sortit en hâte et la posta. À son retour il jeta loin de lui ses habits trempés de sueur. Le lit à une place lui sembla énorme, comme un lit à baldaquin pour orgies. Il se mit en boule et dormit mieux qu'il n'avait dormi depuis au moins un an.

Et ce fut donc un Alistair plein d'énergie qui descendit les escaliers le lendemain et jeta un regard distrait au courrier étalé sur l'étagère avant de passer la porte. Il reconnut l'enveloppe comme l'aurait fait un amant. Il s'inclina très bas pour la prendre.

Je vous en prie, pardonnez ma réponse si tardive. Sincères excuses. Mais permettez-moi d'en venir droit au fait : un avis sur votre œuvre. Je ne veux pas vous

ennuyer avec la litanie de mes soucis personnels et
professionnels.

M'ennuyer ? pensa Alistair, en portant la main
à son cœur.

Je pense pouvoir vous donner tout de suite l'assu-
rance que vos scénarios sont indiscutablement promet-
teurs. Non, disons plutôt que cette promesse a déjà été
honorée. Ils ont à la fois du sentiment et du raffine-
ment.
Je me contenterai donc pour l'instant de prendre
Quasar 13 attaque *(Permettez-moi de m'attarder un*
peu plus sur Décimateur.*) Je n'ai qu'une ou deux*
corrections mineures à suggérer. Pourquoi ne pas me
téléphoner à ce numéro pour arranger une petite
conversation ?
Merci pour vos remarques généreuses sur mon pro-
pre travail. De plus en plus, je trouve que ce genre
d'échange — cette franchise, cette réciprocité — est une
des choses qui m'aident à continuer ce travail ingrat.
Vos paroles cordiales m'ont permis de tenir bon face à
l'attaque sournoise et basse de Matthew Sura, qui, je
dois dire, me laisse encore pantelant. Prenez bien soin
de vous.

« Va dans le lyrisme, dit Jim.
— Ou que dis-tu de la ballade ? » dit Jeff.

Jack n'avait pas d'idée précise. « Les ballades marchent bien », admit-il.

Il sembla à Luke vers la fin du deuxième jour qu'il était en train de gagner la bataille du sonnet. Le signe le plus encourageant, c'était la qualité du mutisme de Joe : léthargique mais pas morose.

« Regardons les choses en face, dit Jeff. Le sonnet est essentiellement hiératique. Strictement lié à un contexte historique. Il répond à une mentalité formaliste. Aujourd'hui, nous nous adressons à des mentalités *en quête* de formes.

— De plus, dit Jack, la chanson lyrique a toujours été le véhicule naturel de l'expression spontanée des sentiments.

— Ouais, dit Jack. Avec le sonnet tu es coincé dans le modèle thèse-antithèse-synthèse. »

Joan dit : « Alors, qu'est-ce qu'on fait ici ? On réfléchit le monde dans un miroir ou bien on l'éclaire ? »

C'est alors que Joe se mit à parler : « S'il vous plaît, les gars, dit-il. N'oublions pas que "C'est lui dont" était un sonnet, avant les réécritures. Est-ce qu'on était tous défoncés à la coke cet été quand on a dit qu'on allait faire du *sonnet* ? »

La réponse à la dernière question de Joe, soit dit en passant, était oui ; mais Luke regarda autour de lui. Les plats chinois qu'ils avaient demandés par téléphone à la secrétaire gisaient épars sur la table basse comme des travaux pratiques de classe maternelle avec de la pâte à modeler, de la peinture et des enduits laqués. Il était quatre heures et Luke voulait s'en aller le plus vite possible. Nager ct buller au soleil. Se donner un air bronzé et musclé pour sa rencontre avec la jeune actrice Henna Mickiewicz. Il simula un bâillement.

« Luke est crevé avec le décalage horaire, dit Joe. Nous reprendrons la discussion demain, mais je crois bien que je suis retenté par le sonnet. »

« Désolé, dit Alistair. C'est encore moi. Désolé.

— Oh oui, dit la voix de la femme. Il était là il y a une seconde... Non, non il est là. Le voilà. Une minute. »

Alistair écarta brusquement le combiné de son oreille et le regarda fixement. Il se remit à écouter. On aurait dit que le téléphone éructait en un paroxysme de borborygmes, comme une radio de taxi mal réglée. La crise passa, ou une pause se fit, et quelqu'un dit d'une voix épaisse mais hautaine : « Hugh Sixsmith ? »

Il fallut quelque temps à Alistair pour expliquer qui il était. Sixsmith sembla surpris mais en fin de compte assez intrigué de l'entendre. La discussion fut assez cordiale et un rendez-vous fut fixé (après son travail, le lundi suivant) quand Alistair réussit à placer ceci : « Monsieur

Sixsmith, juste une chose. Très embarrassante. Il faut que je vous dise que la nuit dernière je me suis énervé de ne pas avoir eu de vos nouvelles si longtemps et j'ai bien peur de vous avoir envoyé une lettre complètement démente que je...» Alistair fit une pause. «Vous savez comment c'est pour ces scénarios, on va chercher si profond en soi, et le temps passe, et...

— Mon cher ami, pas un mot de plus. Je n'en tiendrai pas compte. Je la jetterai. Après une ligne ou deux je détournerai des yeux vierges», dit Sixsmith qui se remit à tousser de plus belle.

Hazel ne vint pas à Londres ce week-end-là. Alistair n'alla pas à Leeds ce week-end-là. Il passa le temps à penser à cet endroit de Earl's Court Square où les auteurs de scénarios lisent leurs textes et boivent du vin espagnol pendant que les dévisagent des filles aux cheveux en désordre, avec des gros manteaux et pas de maquillage, et qui clignent des yeux sans arrêt ou pas du tout.

Luke gara sa Chevrolet Celebrity au cinquième étage du parking du studio et descendit l'ascenseur avec deux cadres moyens en survêtement qui discutaient des derniers records atteints par «C'est lui dont le mépris tantôt». Il mit ses lunettes de soleil en traversant l'autre parking réservé aux P-DG. Chaque place avait un nom. Cela rassura Luke de voir le nom de Joe parmi eux, en partie caché par sa Land Rover. Les poètes, bien sûr, avaient rarement ce genre de pouvoir. Ou aucun pouvoir. Il était heureux de penser que Henna Mickiewicz n'avait pas semblé s'en apercevoir.

Le bureau de Joe : Jim, Jack, Joan mais pas de Jeff. Deux nouveaux types étaient là. Luke fut présenté aux deux types. Ron dit qu'il parlait aussi pour Don en déclarant qu'il admirait beaucoup sa production. Se penchant sur le percolateur à côté de Joe, Luke demanda où était Jeff, et Joe dit : « Jeff n'est plus sur ce poème » et Luke se contenta de hocher la tête.

Ils s'enfoncèrent dans leurs fauteuils.

Luke dit : « Que fait "Conseils d'un Gallois aux touristes" ? »

Don dit : « Il marche mais pas tant que ça. »

Ron dit : « Il ne fera pas aussi bien que "Le trou dans la haie". »

Jim dit : « Qu'a fait "Le trou" ? »

Ils parlèrent un moment de ce que « Le trou » avait fait. Puis Joe dit : « Okay. On va faire le sonnet. Bon. Don a un problème avec le deuxième quatrain, Jack et Jim ont un problème avec le troisième quatrain, et je crois qu'on a *tous* un problème avec le distique final. »

Alistair se présenta aux bureaux du *PM* avec une ponctualité fervente et hystérique. Il avait passé des heures dans les parages et dépensé près de quinze livres en thés et cafés. On ne l'invitait guère à s'attarder dans les divers cafés (il imaginait qu'on l'y regardait avec suspicion depuis ses séances de guet) où il étreignait à deux mains des gobelets en plastique qui se fendillaient pendant qu'il contemplait la lumière s'écoulant des fenêtres de bureaux.

Quand Big Ben sonna deux heures, Alistair monta les escaliers. Il prit une profonde inspiration, si profonde qu'il en tomba presque à la renverse, puis il frappa à la porte. Un coursier âgé lui indiqua sans mot dire une salle étroite, pleine de bric-à-brac, où s'entassaient à grand-peine sept personnes. D'abord Alistair les prit pour d'autres scénaristes et se coinça derrière la porte, au bout de la queue. Mais ils ne ressemblaient pas à des scénaristes. Pendant les quatre heures qui suivirent, peu de mots furent échangés, et l'identité des solliciteurs de Sixsmith n'émergea que peu à peu, partiellement. Quelques-uns, tels son avocat et le psychiatre de sa deuxième femme, prirent congé au bout de quatre-vingt-dix minutes seulement. D'autres, comme le contrôleur fiscal et le juge d'application des peines, restèrent presque aussi longtemps qu'Alistair. Mais à six heures quarante-cinq il était seul dans la pièce.

Il s'approcha de la masse imposante et chaotique de papiers qui recouvrait le bureau de

Sixsmith. En hâte, il commença à fouiller les lettres encore cachetées. Il devait trouver et intercepter sa propre lettre, l'idée l'obsédait. Mais toutes les enveloppes, fort nombreuses, étaient brunes, à fenêtres et à en-tête. Se retournant pour partir, il vit un grand sac brun avec son adresse griffonnée de l'écriture tremblotante de Sixsmith. Il n'y avait pas de raison pour ne pas le prendre. Le vieil employé, Alistair le voyait, était replié sur lui-même dans un sac de couchage dans l'entrée. Dans la rue, il ouvrit le paquet qui laissa tomber une poussière grise. Il contenait deux de ses scénarios, *La Vallée des Stratocasters* et, plus bizarrement, *Décimateur*. Il y avait aussi une note.

J'ai été appelé à l'improviste, comme on dit. Des hauts et des bas dans ma vie privée. Je vous appellerai cette semaine pour, mettons... déjeuner ?

À l'intérieur se trouvait aussi la lettre furieuse d'Alistair, toujours close. Il avança dans la rue. La circulation des êtres humains et des machines bougeait imperturbablement devant sa face illuminée. Ses yeux s'ouvrirent sur une vérité indiscutable qui expliquait tout : Hugh Sixsmith était un scénariste. Il comprenait.

Après une journée de tâtonnements qui n'aboutirent à rien au sujet de la césure du premier vers de « Sonnet », Luke et ses collègues allèrent prendre des cocktails à Strabisme. On leur donna la grande table ronde près du piano. Jane dit : « TCT fait une suite à "C'est". »

Joan dit : « En fait c'est une présuite.

— Titre ? dit Joe.

— Pas décidé. À TCT, ils l'appellent "C'était".

— Mon fils, dit Joe pensivement, après que le serveur eut apporté leurs boissons, m'a traité de con pour la première fois ce matin.

— C'est incroyable, dit Bob. Mon fils aussi m'a traité de con ce matin. Pour la première fois.

— Et alors ? » dit Mo.

Joe dit : « Il a six ans, bon sang. »

Phil dit : « Mon fils m'a traité de con quand il avait cinq ans.

— Mon fils ne m'a pas encore traité de con, dit Jim. Et il a neuf ans. »

Luke sirotait son Bloody Mary. Sa couleur et sa texture lui faisaient se demander s'il pouvait prendre le risque de se moucher sans aller encore une fois aux toilettes. Il n'avait pas appelé Suki depuis trois jours. Les choses commençaient à prendre des proportions imprévisibles avec Henna Mickiewicz. Il ne lui avait pas encore promis un rôle dans le poème, du moins pas par écrit. Henna était fantastique, sauf que l'on se disait sans cesse qu'elle allait vous faire un procès quoi qu'il arrive.

Mo disait que chaque enfant progresse à son

rythme et que des retards viennent ensuite régulièrement compliquer les avancées des premières
années.

Jim dit : « Pourtant, c'est une source d'inquié-
tude. »

Mo dit : « Mon fils a trois ans. Et il me traite
de con tout le temps. »

Tout le monde eut l'air légitimement impressionné.

Les arbres étaient couverts de feuilles, et les
grosses masses des cars de touristes recommen-
çaient à encombrer la circulation, et tous les agri-
culteurs s'intéressaient aux engrais plutôt qu'à
l'isolation de leurs silos quand Sixsmith appela
enfin. Pendant ce long interlude, Alistair s'était
convaincu d'une chose : avant de lui renvoyer sa
lettre, Sixsmith l'avait *ouverte à la vapeur et recollée.*
Pendant cette période, il s'était aussi fiancé sans
enthousiasme avec Hazel. Puis l'appel était venu.

Il était sûr d'être dans le bon restaurant. Sauf
que ce n'était pas un restaurant, pas tout à fait.
On n'y prenait pas de réservations, et personne
ne connaissait M. Sixsmith, et ce qu'on y servait
était des petits déjeuners en guise de déjeuners
pour des clients qui juraient, les yeux exorbités,
devant des tasses remplies d'un thé couleur chair.

Bien, bien, pensa Alistair. L'endroit idéal, en
fait, pour deux pauvres scénaristes qui...

« Alistair ? »

Avec aisance, Sixsmith courba son long corps qu'il logea sur la banquette en face d'Alistair. La manœuvre semblait le rendre heureux. Il contemplait Alistair avec une neutralité particulière, mais il y avait quelque chose de juvénile, quelque chose de délibérément insouciant dans le visage qu'il tournait vers le serveur. Comme Sixsmith commandait un gin-tonic, et comme il commentait avec humour sa faiblesse pour le cocktail de crevettes, Alistair se sentit attiré malgré lui par cet homme, ce scénariste hirsute au regard rêveur, à la voix pâteuse qui laissait curieusement tomber les syllabes, au visage ravagé par de grandes crevasses et des traits d'ombre qu'il voyait comme les fontanelles désaffectées de leur commune vocation d'écrivain. Il savait l'âge de Sixsmith. Mais peut-être le temps s'écoulait-il différemment pour les scénaristes, dont les flammes brûlaient avec tant d'intensité...

« Et pour mon confrère et compagnon en écrivasserie : Alistair. Que prendrez-vous ? »

D'emblée Sixsmith se révéla quelqu'un de franc. Ou peut-être voyait-il dans le jeune scénariste un homme devant lequel toute fausse réticence était superflue. Il en ressortit que la deuxième femme de Sixsmith, qui se séparait de lui, était alcoolique, fille de deux alcooliques. Son amant actuel (ah, ces amants qui ne faisaient que passer dans sa vie !) était alcoolique.

Pour compliquer les choses, Sixsmith expliqua
en agitant son verre en direction du garçon que
sa fille, issue d'un premier mariage, était alcoolique. Comment Sixsmith s'en sortait-il ? Malgré
son âge, il avait, Dieu merci, trouvé l'amour
dans les bras d'une femme qui aurait pu (jusque
dans les tendances alcooliques) être sa fille. Leurs
cocktails de crevettes arrivèrent, avec une carafe
de gros rouge. Sixsmith alluma une cigarette et
tendit sa paume vers Alistair tout le temps que
dura une quinte de toux qui attira tous les
regards de la salle. Puis, visiblement désorienté,
il fixa Alistair comme s'il n'avait aucune idée de
ses intentions ou même de son identité. Mais le
lien se rétablit rapidement. Bientôt ils discutè-
rent d'égal à égal... de Dalton Trumbo, de Paddy
Chayevsky, de Robert Towne, de Joe Eszterhas.

Vers deux heures et demie, quand, après plusieurs tentatives, le garçon réussit à emporter le
cocktail de crevettes que Sixsmith n'avait pas
touché, et qu'il se préparait à servir leurs côte-
lettes braisées avec une troisième carafe de vin,
les deux hommes débattaient bruyamment les
mérites de Mario Puzo première époque.

Joe bâilla, haussa les épaules et dit d'un air
languissant : « Vous savez quoi ? En fait, je n'ai
jamais été fou de ce schéma de rimes à la Pétrar-
que. »

Jan dit : « "Composé au château de..." est en ABBA ABBA. »

Jen dit : « C'était aussi le cas de "C'est". Jusqu'à ce qu'on peaufine la dernière version. »

Jon dit : « J'ai un scoop. On dit que "Composé au château de..." serait en révision.

— Tu plaisantes, dit Bo. Il sort ce mois-ci, et on dit que les réactions aux avant-premières ont été excellentes. »

Joe avait l'air de douter. « On dit que c'est à cause de "C'est" que les patrons ont les boules quand ils pensent sonnet. Ils se disent que la foudre ne va pas tomber deux fois au même endroit.

— ABBA ABBA, dit Bo avec dégoût.

— Ou alors, dit Joe. *Ou alors... ou alors* on fait sans rimes !

— Sans rimes ? dit Phil.

— Du vers blanc ? » dit Joe.

Il y eut un silence. Bill regarda Gil qui regarda Will.

« Qu'en penses-tu, Luke ? dit Jim. C'est toi le poète. »

Luke n'avait jamais eu de sentiments très protecteurs vis-à-vis de « Sonnet ». Même dans sa version originale, il ne l'avait jamais considéré que comme une monnaie d'échange. Ces jours-ci, il réécrivait « Sonnet » tous les soirs au Pinnacle Trumont en attendant l'arrivée de Henna, après quoi ils se mettaient à torturer les garçons d'étage. « Du vers blanc, dit Luke. — Je ne sais pas, Joe. Je pourrais faire ABAB ABAB ou même ABAB CDCD. Bon sang, je ferais bien AABB si je ne me disais pas que ça casserait le dernier distique. Mais sans rimes. Je n'aurais jamais imaginé de le faire blanc.

— Eh bien, il faut trouver quelque chose, dit Joe.

— Peut-être que c'est le pentamètre, dit Luke. Peut-être que c'est l'ïambe. Eh, voilà une suggestion de derrière les fagots. Pourquoi ne pas faire un décompte syllabique ? »

À cinq heures quarante-cinq, Hugh Sixsmith commanda un gin-tonic et dit : « Nous avons parlé. Nous avons partagé le pain. Le vin. La vérité. L'écriture du scénario. Je veux parler de votre œuvre, Alistair. Oui, c'est vrai. Je veux parler de *Quasar 13 attaque*.

Alistair rougit.

« Ce n'est pas souvent que... Mais on sait toujours. Cette impression d'un arrêt plein de sens. De la vie sentie en sa plénitude... Merci, Alistair. Je dois dire que cela me rappelle un peu mes œuvres de jeunesse. »

Alistair opinait du chef.

Ayant décrit en détail ses progrès dans l'art du scénario, Sixsmith dit : « Bon. Dites-moi juste quand je dois me taire si je parle trop. Et je vais imprimer ce texte de toute façon. Mais je veux faire une seule petite suggestion pour *Quasar 13 attaque.* »

Alistair fit un vague geste de la main.

« Voilà », dit Sixsmith. Il s'arrêta et commanda un cocktail de crevettes. Le serveur le regarda, l'air abattu. « Voilà, dit Sixsmith. Quand Brad s'échappe du laboratoire où les Nébuliens font leurs expériences et décide d'attaquer avec Cord et Tara pour immobiliser la faucille qui capte l'énergie sur l'astronef des Xerxiens, où est Chelsi ? »

La mine d'Alistair se renfrogna.

« Où est Chelsi ? Elle est encore dans le laboratoire avec les Nébuliens. De plus, on va lui faire une injection de venin de vipère phobien. Et alors que devient notre "happy end" ? Et Brad, qui a un rôle central en tant que héros ? Et qu'en est-il de son amour pour Chelsi ? Ou bien suis-je juste un vieil emmerdeur ? »

La secrétaire, Victoria, passa la tête par la porte et dit : « Il descend. »

Luke écouta le bruit de trente-trois paires de jambes qui se croisaient et se décroisaient. Pendant ce temps, il préparait un sourire découvrant toutes ses dents. Il jeta un coup d'œil à Joe. « Tout est OK. Il vient juste dire bonjour. »

Et il était là : Jake Endo, l'air gentiment occi-

dentalisé, somptueusement vêtu, trente-cinq ans
peut-être. Parmi les pièces de luxe qui complé-
taient sa panoplie, rien n'égalait sa coiffure, avec
ses strates de lumière captive et joueuse.

Jake Endo serra la main de Luke et dit : « C'est
un grand plaisir de vous rencontrer. Je n'ai pas
lu le matériau du poème, mais je connais bien
ce dont il traite. »

Luke supposa que la voix de Jake Endo avait
été arrangée. Il pouvait prononcer des phonèmes
que les Japonais étaient censés trouver difficiles.

« Je crois comprendre qu'il s'agit d'un poème
d'amour, continua-t-il. Qui s'adresse à votre amie.
Est-elle avec vous à L. A. ?

— Non. Elle est restée à Londres. » Luke se
surprit à regarder les sandales de Jake Endo, se
demandant combien elles avaient pu coûter.

Le silence entama un crescendo. Il était devenu intolérable lorsque Jim le brisa, disant à Jake
Endo : « Oh, comment "Vers laissés sur un siège
de buis, près du lac d'Eastwhaite, sur une rive
désolée commandant cette vue sublime" s'est-il
comporté ?

— Vers ? dit Jake Endo. Pas mal du tout.

— Je pensais en fait à "Composé au château
de..." », dit Jim faiblement.

Le silence se réinstalla. Comme il parvenait
à son apogée, Joe se souvint de toute l'énergie
dont il était censé disposer. Il se mit debout
et dit : « Jake ? Je crois que nous avons atteint

notre point d'épuisement. Tu nous vois à notre plus bas niveau. Nous n'arrivons pas à nous mettre d'accord sur le premier vers. Le premier vers, que dis-je? Nous n'avons même pas atteint la fin du premier *pied.*» Jake Endo resta imperturbable. «On a toujours des moments de doute. Je suis sûr que vous vous en sortirez, puisque nous avons autant de talents réunis sous ce même toit. Là-haut nous avons confiance. Nous pensons que ça sera le grand poème de l'été.

— Non, nous n'avons pas perdu confiance non plus, dit Joe. Nous avons la foi, ici. Une foi intense. Nous sommes tous derrière "Sonnet" comme un seul homme.

— Sonnet? dit Jake Endo.

— Oui, sonnet. "Sonnet".

— "Sonnet"? dit Jake Endo.

— C'est un sonnet. Son titre est "Sonnet".»

L'Occident reflua en vagues successives du visage de Jake Endo. Au bout de quelques secondes, il ressemblait à un chef de guerre des temps barbares, lancé dans la bataille et aspirant un dernier souffle glacé avant d'en finir avec les femmes et les enfants.

«Personne ne m'a parlé, siffla-t-il en allant vers le téléphone, d'un seul *sonnet.*»

Le restaurant fermait. Les clients de l'heure du thé et ceux qui venaient après la fermeture des bureaux étaient venus et repartis. Dehors, les rues avaient un reflet mouillé morbide. Les employés enfilaient leurs imperméables et leurs manteaux. Un gros néon s'éteignit. La porte d'un frigo fut claquée violemment.

« Pas vraiment éclatant d'allégresse, hein ? » dit Sixsmith.

Après avoir perdu l'usage ou la disposition du verbe pendant près d'une demi-heure, le don de la parole revint à Alistair — la parole, reine de toutes les facultés. « Et pourquoi pas faire... dit-il. Et pourquoi ne pas faire partir Chelsi du laboratoire plus tôt ?

— Pas assez dramatique », dit Sixsmith. Il commanda une carafe de vin et demanda où était passée sa côtelette braisée.

« Et si elle n'était que blessée ? Dans sa fuite, à la jambe.

— Oui, si l'on peut éviter cet horrible cliché : la fille est un obstacle à la fuite du héros qu'elle retarde dangereusement. De plus, elle serait en surnombre dans l'attaque contre le vaisseau xerxien. Non, non, nous ne voulons pas d'elle pour ça. »

Alistair dit alors : « Tuons-la.

— C'est ça. Une ombre sur le happy end. Non, non. »

Un serveur se dressait près d'eux, regardant tristement l'addition dans une soucoupe.

« Bon, d'accord, dit Sixsmith. Chelsi est bles-

sée. Assez gravement. Au bras. *Alors*, Brad, qu'est-
ce qu'il va en faire ?

— Il la dépose à l'hôpital.

— Hum. Modulation plutôt creuse. »

Le serveur fut bientôt rejoint par un second
serveur, tout aussi stoïque. Leurs visages étaient
marqués par l'ombre de leur barbes naissantes.
Et Sixsmith fouillait ses poches avec une mine
de plus en plus sombre.

« Pourquoi ne pas dire que quelqu'un passe
qui peut l'amener à l'hôpital ?

— Peut-être », dit Sixsmith, à moitié debout,
une main glissée maladroitement dans sa poche
intérieure.

« Et si... Et si Brad lui indiquait simplement le
chemin pour aller à l'hôpital ? »

De retour à Londres le lendemain, Luke vit
Mike pour mettre au clair toutes ces foutues his-
toires. En fait, ça avait l'air de s'arranger. Mike
appela Mal de chez Monad, qui avait quelque
chose pour Tim chez TCT. Pour éviter toute
entourloupe avec Mal, Mike appela aussi Bob
chez Binary avec l'idée de prendre une option
sur « Sonnet », plus des crédits pour l'exploitation dans un autre centre où il serait développé
puis redéveloppé complètement — sans doute
chez Red Giant, où il savait que Rodge était inté-

ressé. « Ils veulent que tu ailles là-bas, juste pour t'avoir à côté.

— Ce type, là, Joe, j'arrive pas à y croire, dit Luke. J'arrive pas à croire que je me suis cassé le cul pour cette lavette.

— Ça arrive. Joe avait oublié cette histoire de sonnet avec Jake Endo. Le premier grand poème d'Endo était un sonnet. Tu n'étais même pas né. "Je suis le ténébreux, le veuf, l'incon- solé." Et en un jour, le crash. Pratiquement ruiné le Japon.

— J'ai l'impression qu'on s'est foutu de moi, Mike. Qu'on a abusé de ma confiance. Il faut qu'on m'en dise plus si je vais là-bas.

— Tout dépendra du succès de "Composé au château de..." et de l'accueil réservé à la présuite de "C'est".

— Je vais partir un peu avec Suki. Tu connais un endroit où il n'y aurait pas de magasins ? J'ai besoin de vacances. Mike, tout ça, c'est de la merde. Tu sais ce que j'aimerais vraiment faire, hein ?

— Bien sûr que je le sais. »

Luke regárda Mike, jusqu'à ce qu'il dise : « Tu voudrais faire des films. »

Quand Alistair fut remis de son déjeuner, il reprit *Quasar 13 attaque* en suivant en gros les suggestions de Sixsmith. Il trouva la solution du problème de Chelsi en la faisant dévorer bruyamment par une panthère stygienne, dans le laboratoire. Le risque du reproche de gratuité fut vite éliminé puisque, face à son cadavre, Brad jurait solennellement de la venger, ce qui anticipait et justifiait l'attaque contre les Nébuliens. Alistair élimina le passage où Brad confesse son amour pour Chelsi et le remplaça par un passage où Brad déclare son amour pour Tara.

Il envoya les nouvelles pages, et, trois mois plus tard, Sixsmith confirma qu'il avait bien reçu son envoi, en applaudissant aux ajouts, d'une écriture tout à fait incompatible avec celle de sa première correspondance. Il ne remboursa pas Alistair pour le déjeuner. Son portefeuille, avait-il expliqué, avait été vidé le matin même — par quel alcoolique, il ne l'avait pas précisé. Alistair conserva la note en souvenir. Ce document étonnant prouvait que, pendant le repas, Sixsmith avait fumé ou du moins acheté l'équivalent d'une cartouche de cigarettes.

Trois mois plus tard, il reçut les épreuves de *Quasar 13 attaque*. Trois mois plus tard, le scénario parut dans le *Petit Magazine*. Trois mois plus tard, Alistair reçut un chèque de douze livres cinquante, qui fut refusé par la banque.

Curieusement, alors que les épreuves avaient incorporé les corrections d'Alistair, la version publiée retournait au manuscrit original, et voyait Brad s'enfuir du laboratoire des Nébuliens sans sembler se soucier de Chelsi que l'on voyait pour la dernière fois sur une table d'opération, alors qu'une seringue de venin de vipère phobien se vidait dans son cou. Plus tard, ce même mois, Alistair alla écouter une lecture à la Société des scénaristes d'Earl Court. Il entama une conversation avec une jeune femme très maigre à la robe noire tachée de cendre de cigarette qui déclara avoir lu son scénario, et qui, après quelques verres de vin, puis plus tard, dans un pub horrible, lui dit qu'il était un hypocrite et un faible qui ne connaissait rien aux relations entre hommes et femmes. Alistair n'était qu'un scénariste fraîchement publié, et il ne sut que répondre, ni même comment interpréter cette proposition pourtant explicite (bien qu'il eût gardé le numéro de téléphone qu'elle avait jeté à ses pieds en partant). Ses chances d'aller plus loin étaient d'ailleurs douteuses. Il devait épouser Hazel le week-end suivant.

L'année suivante, il envoya à Sixsmith une série — on aurait pu l'appeler un cycle — de scénarios sur le thème des catastrophes collectives. Sa lettre suivante, au cours de l'été, reçut pour toute réponse une brève note l'informant que Sixsmith n'était plus employé par le *PM*. Alistair téléphona. Il discuta ensuite de la conduite à tenir avec Hazel et décida de prendre un jour de congé.

C'était un matin de septembre. L'hospice de Cricklewood était de construction récente. De la route, il ressemblait à un groupe d'igloos se détachant sur la toundra du ciel pâle. Quand il prononça le nom de Sixsmith à l'entrée, deux hommes en complet se levèrent aussitôt. L'un était un huissier. L'autre un comptable en redressement. Alistair repoussa à grands gestes leurs requêtes compliquées.

La chambre surchauffée renfermait des murmures étouffés et pleins de regrets, avec une touche de transgression émanant des bouteilles, des verres et de la fumée de cigarette. Les yeux scrutateurs de nombreuses femmes qui ne cachaient pas leur chagrin. Une jeune femme lui fit face fièrement. Alistair se mit à expliquer qui il était, un jeune scénariste qui était venu... Sur le lit, dans un coin, la silhouette désarticulée de Sixsmith semblait projeter ses membres en désordre. Alistair fit quelques pas dans sa direction. D'abord il eut la certitude qu'on avait enlevé les yeux, comme des trous découpés dans une citrouille ou une pelure d'orange. Puis les sourcils se soulevèrent faiblement et Alistair crut apercevoir une étincelle de lucidité.

Quand les larmes lui vinrent, il sentit dans son dos un frisson d'approbation, de consensus. Il prit la main du vieux scénariste et dit : « Au revoir. Et merci. Merci. Merci. »

Lancé dans quatre cent trente-sept salles à la fois, le sonnet de Binary « Composé au château de... » rafla dix-sept millions dès le premier week-end. À ce moment-là, Luke vivait dans un deux-pièces sur Yokum Drive. Suki était avec lui. Il espérait qu'elle ne mettrait pas trop de temps à apprendre l'histoire qu'il avait eue avec Henna Mickiewicz. Quand la fumée se dissiperait, il passerait à Anita, plus mûre, et qui produisait des films.

Il avait porté son sonnet à Rodge chez Red Giant pour le transformer en une ode. Le projet tomba à l'eau, et il alla voir Mal chez Monad où ils en firent une villanelle. La villanelle devint brièvement un triolet, avec Tim de chez TCT, avant que Bob de Binary le lui fasse recomposer en rondeau. Le rondeau tourna court, Luke en fit une ballade et demanda à Mike de l'envoyer à Joe. Tout le monde, y compris Jake Endo, pensa que le temps était venu de le ramener à la forme du sonnet.

Luke dînait chez Rales avec Joe et Mike.

« J'ai toujours vu "Sonnet" comme un poème d'art et d'essai, dit Joe. Mais les sonnets sont tellement en demande de nos jours que j'ai commencé à penser de manière plus commerciale. »

Mike dit : « TCT fait à la fois une suite et une présuite de "C'est" et sort les deux en même temps.

— Une suite ? dit Joe.

— Ouais. Ils l'appellent "Ce sera". »

Mike était un peu défoncé. Joe aussi. Luke

était un peu défoncé lui aussi. Ils avaient sniffé quelques lignes au bureau. Puis les drinks au bar. C'est qu'ils voulaient effectivement se défoncer. C'était pas mal, une fois de temps en temps, d'être un peu défoncé. Le truc, c'était de ne pas se défoncer trop souvent. Le truc, c'était de ne pas se faire défoncer.

«Je suis très sérieux, Luke», dit Joe. Son visage était perlé de gouttes de sueur. «Je crois que "Sonnet" peut être aussi énorme que "— ".

— Tu crois? dit Luke.

— Je suis très sérieux. Je crois que "Sonnet" pourrait être un autre "— ".

— "— "?

— "— ". »

Luke réfléchit un moment, le temps d'assimiler la chose. «"— "...» répéta-t-il d'un air émerveillé.

New Yorker, 1992

L'état de l'Angleterre

1. Téléphones portables

Big Mal se tenait debout sur la piste cendrée du stade, dans son costume en lin un rien froissé, une cigarette dans une pogne, un téléphone portable dans l'autre. Il arborait aussi une vilaine blessure, ce grand et gros homme : une lacération effrayante sur le côté du visage, qui allait du lobe de l'oreille à la pommette. Le pire, dans cette blessure, c'était à quel point elle avait l'air *récente*. Elle ne saignait pas. Mais elle aurait très bien pu suppurer. Il avait acheté ce costume chez L'Homme Moderne dans Culver City à L. A., cinq ans plus tôt. Sa blessure, il l'avait eue dans un parking à étages non loin de Leicester Square, la nuit d'avant. Sous des nuages hauts et plats, dans un ciel bleu criard. Mal était debout sur la piste de course. Pas grand, mais bâti comme un château fort, un mètre soixante-dix dans toutes les directions... Mal se sentait coincé dans une situation classique : la femme, l'enfant, l'autre femme. On était à la mi-septembre. C'était la journée des sports de plein air. La piste de course qu'il arpentait serait bientôt foulée pour de vrai par son fils de neuf ans, le petit Jet. La mère de Jet, Eliza, était sur les marches du club, à moins de cinquante mètres de là, avec les autres mamans. Mal pouvait l'apercevoir. Elle aussi avait une cigarette et un portable. Ils ne se parlaient plus que sur leurs portables.

Il mit une cigarette dans sa bouche, et de ses gros doigts blancs, froids, agités, il tapa son numéro.

« Ah ! » fit-il. Un son aigu et tendu, le « a » bref comme dans « Mal ». C'était un bruit que Mal produisait souvent : c'était sa réponse globale à la douleur, à la négligence, aux imperfections terrestres. Il avait fait « Ah ! » cette fois parce qu'il avait appuyé son portable contre la mauvaise oreille. Celle où il avait mal — si enflée, si traumatisée par les événements d'hier soir. Puis il dit : « C'est moi.

— Ouais, je te vois. »

Eliza s'écartait du groupe des mamans, descendait les marches vers lui. Il lui tourna le dos et demanda : « Où est Jet ?

— Ils arrivent en car. Bon dieu, Mal, qu'est-ce que tu t'es fait à la figure ? T'as vu dans quel état tu es ? » Eh bien, c'était toujours agréable d'apprendre ça : sa blessure était visible à cinquante mètres. «Des conneries», dit-il en guise d'explication. Et c'était vrai, d'une certaine manière. Mal avait atteint quarante-huit ans, et on pouvait dire qu'il avait su vivre de ses poings : ses poings, son coup de pied, son front proéminent. La raclée qu'il avait reçue hier soir n'était pas la pire qu'il eût connue. Mais c'était sans conteste la plus bizarre. «Ne raccroche pas, dit-il en allumant une autre cigarette. Ah ! ajouta-t-il. Encore la mauvaise oreille. Il arrive quand, le bus ?

— Tu t'es fait examiner ? Il faut que tu te fasses soigner ce truc.

— Ç'a été soigné, dit Mal avec prudence, par une infirmière certifiée.

— Qui c'est celle-là ? Miss Inde ? Comment s'appelle-t-elle ? Linzi... ?

— Oh non. Pas Linzi. Yvonne. »

La mention de ce nom, prononcé avec un fort accent sur la première syllabe, suffirait pour Eliza.

«N'en dis pas plus. T'as encore été faire du grabuge avec le gros Lol. Ouais. D'accord. Quand on passe trente ans de sa vie avec le gros Lol... »

Mal suivait son raisonnement. Trente ans avec le gros Lol et on savait donner les premiers soins. On était une vraie infirmière, qu'on le veuille ou non. «Yvonne s'en est occupée, conti-

nua-t-il. Elle l'a nettoyé et elle a mis un produit. »
Ce n'était pas tout à fait la vérité. Ce matin, en
prenant le petit déjeuner, Yvonne avait aspergé
sa joue avec l'after-shave brûlant du gros Lol, et
ensuite elle avait fait un pansement avec un bout
d'essuie-tout. Mais l'essuie-tout avait été absorbé
depuis longtemps par les profondeurs gargouil-
lantes de la blessure. C'était comme ce film avec
le jeune Steve McQueen : oui, *Danger planétaire*.
　« Ça te lance ?
　— Ouais, ça fait mal, dit Mal d'un air résigné.
Ça me lance, oui. Bon. Essayons de rester civili-
sés devant le gosse. Okay ? Allons, El. C'est pour
le gosse. On lui doit bien ça. D'accord ?
　— D'accord.
　— D'accord. Et maintenant, rends-moi mon
putain de fric.
　— Quel putain d'fric ?
　— Quel putain d'fric ? Mon fric à moi, bon
Dieu ! »
　Elle raccrocha, et donc, sans succès (murmu-
rant : « Où tu es, mec ? »), il essaya de joindre le
gros Lol — sur le portable de Lol.
　Décrivant un large demi-cercle, gardant une
distance constante par rapport à sa femme, Mal
traversa la piste et arriva à l'extrémité opposée
du club. Le club de sports et sa porte noire style
Tudor : peut-être y avait-il un bar là-dedans. Mal
hésita, ses pieds s'empêtrèrent ; le ressort qui le
faisait marcher arrivait en fin de course. Et tous

les autres papas étaient là, eux aussi avec leurs portables.

Sans trop s'approcher, incertain, Mal resta à l'extérieur, et il essaya de joindre Linzi sur son portable.

L'école de Jet, Saint-Antoine, était un établissement d'élite, ou en tout cas ruineux. C'était Mal qui, d'une façon ou d'une autre, s'acquittait des droits de scolarité phénoménaux. Et il était présent aux occasions comme aujourd'hui, puisqu'il fallait le faire. Il voulait que son fils s'y distinguât, et il aurait été déçu autrement. Lors de ses premières apparitions aux réunions parents-professeurs, une hypocondrie due à sa timidité face aux autres pères l'avait laissé sans voix. Il ne pouvait s'empêcher de penser qu'il y avait quelque chose qui ne tournait pas rond en lui. Il voulait s'évader de ce groupe de parents auquel il n'appartenait pas, et se fondre dans un autre groupe où il rencontrerait moins d'obstacles. Mal laissait El parler, avec toute son assurance et sa très haute estime d'elle-même — tout cela venait, comme leur conseiller conjugal l'avait formulé un jour, de ses « aptitudes plus avancées dans le maniement verbal et écrit ». C'est vrai que les aptitudes de Mal en ce qui concernait l'écriture laissaient beaucoup à désirer, pour ne pas dire plus. Non qu'il pût se rattraper du côté de la lecture. Non plus. Face à un panneau publicitaire ou aux instructions sur une boîte de pansements, ses lèvres murmuraient et tremblaient, révélant sa difficulté à lire. Il parlait mal aussi, il le savait. Mais tous les préjugés à l'encontre de gens comme lui avaient disparu à présent, ou du moins c'était ce qu'on disait. Et peut-être était-ce vrai. Mal pouvait aller dans presque n'importe quel restaurant avec tous ces types autour de lui qui jacassaient de tout et de rien, et payer une addition aussi salée qu'un billet d'avion. Il pouvait aller dans tel ou tel endroit. Et pourtant rien ne pouvait garantir qu'il se sentirait vraiment bien dans cet endroit. Personne ne pouvait garantir ça, jamais. Big Mal, qui grognait avec une sorte de joyeux assentiment quand il voyait un poing partir vers son nez, se laissait déconcerter à la simple vue d'un petit doigt levé sur une tasse. *Ah!* Ça le suivait partout, à chaque moment, comme une maladie, une hantise. Allez, va donc, regarde. Allez, va donc, ris. Pourquoi croyez-vous qu'il aimait tant les États-Unis? L. A., mec. J'bosse pour Joseph Andrews...

Mal se sentait coincé dans une situation classique. Il était parti de chez lui (cinq mois plus tôt) pour s'installer avec une femme plus jeune (Linzi) en abandonnant sa femme (Eliza) et son fils (le petit Jet). Une situation classique est, par définition, une situation au second degré, au troisième, au onzième degré. Et cela de plus en plus évidemment, à mesure que l'addition montait. La nuit, très tard, Mal se prenait à penser : et si Adam avait laissé tomber Ève, et était parti avec une femme plus jeune — à supposer qu'il en trouve une —, il aurait fait un pas dans l'inconnu. On pourrait dire qu'Adam est un salaud, mais pas qu'il est con. Enfin tout ça c'était de la routine : vieux, usé, mort. Et, de nos jours, on était doublement en terrain connu. On relevait des statistiques, tous ces chiffres et toutes ces études : et voilà qu'on se retrouvait à la télé chaque soir, dans les feuilletons et les sitcoms, et le plus souvent on se foutait de vous. Un mec sur deux faisait ça : quittait sa femme et sa maison. Bien sûr, ne pas quitter sa femme était tout aussi con, mais personne n'en faisait un plat. Et Adam, en restant fidèle, était resté dans l'inconnu.

Il sentait bien qu'il était un cliché — et, en plus, il avait même réussi à merder dans ce cliché. Voyons. *Il était parti de chez lui pour s'installer avec une femme plus jeune.* Parti ? Linzi habitait en face de chez eux. S'installer ? Il habitait dans un hôtel miteux de King's Cross. Une femme plus jeune ? Mal était de plus en plus convaincu que Linzi était, en fait, une femme *plus vieille*. Un après-midi, alors qu'elle avait sombré dans une sieste d'ivrogne, Mal avait trouvé son passeport. La date de naissance de Linzi disait « 25 août 19... ». Les deux derniers chiffres avaient été effacés, grattés avec l'ongle. Et, à la lumière oblique de la lampe, on pouvait voir une goutte de vernis à ongles — le même rouge de vampire qu'elle utilisait souvent. En face, le contemplant, la figure de Linzi : illusions de grandeur dans un photomaton de supermarché. La seule chose dont il pouvait être sûr, c'était que Linzi était née dans ce siècle.

Ah ! Encore la mauvaise oreille. Mais il *voulait* la mauvaise oreille, cette fois. Car maintenant il allait retrouver les papas — ses pairs. Et le portable de Mal allait cacher sa blessure. Ces téléphones mobiles signifiaient la mobilité sociale. Avec un portable au coin de la bouche on peut entrer dans l'arène sans quitter le cercle de ses préoccupations, de ses affaires. « Salut, les gars ! » dit-il avec un geste de la main, et puis il se renfrogna dans son téléphone. Il avait appelé Linzi et était donc en train de dire des choses comme : « Vraiment, ma douce ?... Prends une tasse de thé et un Nurofen... Retourne au lit. Avec tes catalogues... Courbes curvilignes ou en croissant ?... Ma chérie, est-ce que tu... ? » Courbé sur son portable, les genoux fléchis, on aurait dit un golfeur qui se concentre avant d'envoyer la balle dans le trou. Il faisait ce que tous les autres pères faisaient, c'est-à-dire semblant. Faire semblant pour les autres et pour le monde entier. Et à quoi ressemblait donc Mal ? Avec tous ces combats qu'il avait connus, il savait à quoi s'en tenir. Quand on recevait un coup, il ne suffisait pas d'encaisser le choc. Il ne suffisait pas de supporter. Il fallait aussi le porter, l'arborer, que tous les autres le voient, avant que ça guérisse.

Saluant de la tête, faisant des clins d'œil, tapotant un bras ou une épaule ici ou là, il avançait parmi eux. Des blazers, des complets légers, des jeans et des chemises ouvertes, et même de temps à autre un kaftan ou un dhoti ou un truc dans le genre. Les pères : la moitié n'étaient pas anglais, donc tombaient dès le premier obstacle, socialement. Ou c'est ce que Mal aurait pu penser autrefois. « Manjeet, mon vieux, disait-il. Mikkio. Nusrat ! » Socialement, même ces Pakistanais pouvaient le regarder de haut ces temps-ci. Paratosh, par exemple, qui était une sorte de Sikh ou de Pathan et portait une cravate et tenait des rôles dans des émissions de radio et avait de belles manières. Et si moi je peux dire qu'il a de belles manières, pensait Mal, c'est qu'elles sont vraiment super. « Paratosh, mon vieux ! » cria-t-il... Mais Paratosh lui lança juste un sourire sans expression et changea imperceptiblement l'angle de son regard impérial. Il sembla à Mal qu'ils agissaient tous de même. Adrian. Fardous. Pourquoi ? Était-ce la blessure ? Il ne le pensait pas. Tu vois, ce sont les pères nucléaires, ceux qui sont restés avec leurs familles, jusqu'à présent du moins. Et tout le monde savait que

Mal avait rompu son engagement et était parti, qu'il était devenu non nucléaire. Ces hommes, certains d'entre eux, étaient les maris des amies d'Eliza. Tournant lourdement autour d'eux (et essayant encore de joindre le gros Lol sur son portable), Mal sentait une censure immémoriale à son encontre dans ces visages aux teintes ocre, noisette, moca ou java. C'était un paria, un souilleur de caste, et il pensait qu'ils pensaient qu'il avait échoué dans son rôle d'homme. Maladroit, massif, cubicoïde, les doigts cachant nerveusement les contours de sa blessure à la joue, dansant sous une fine mèche noire, Mal était intouchable, comme sa blessure.

D'autres papas parlaient dans leurs portables, leurs conversations flottaient, désincarnées, unilatérales. L'espace d'un moment, on aurait dit des fous, comme tous les soliloqueurs déments dans les rues de la ville.

2. Chaudes Filles d'Orient

Le vrai nom de Linzi était Shinsala, et sa famille était venue de Bombay, il y a bien longtemps. On ne l'aurait pas deviné, à l'entendre au téléphone. La plupart des papas étrangers — les Nusrat, Fardous, Paratosh — parlaient un meilleur anglais que Mal. Un bien meilleur anglais. Tout en étant très bons, probablement, en farsi, urdu, hindi ou un truc du même genre. Et il se demandait : comment c'est possible ? Comment ça se faisait qu'il restait si peu de choses pour Mal ? Linzi, d'un autre côté, ne prêtait pas le flanc à de tels reproches. Elle parlait encore plus mal qu'Eliza, plus mal que Mal. Elle parlait aussi mal que le gros Lol. Son accent venait tout droit de l'East End, avec juste un petit exotisme dans sa manière d'utiliser les pronoms. Elle disait *il* là où il aurait fallu dire *lui* ou *de lui*. Elle disait : « comparé avec il ». Ou : « conduisant il voiture ». Même chose pour *elle*.

Elle disait : « La manière dont elle porte elle robe. » Ou encore : « Je déteste elle. » Ce qui parfois terrifiait Mal, parce qu'il pensait qu'il s'agissait d'El, c'est-à-dire d'Eliza. Et Linzi menaçait toujours d'une confrontation avec Eliza : comme aujourd'hui, par exemple. Mal ne voulait pas que ces deux-là se rencontrent. *Ah !*

Mais maintenant le grand homme poussait pour entrer. Il passa le long d'un distributeur de Coca, des panneaux avec des listes de noms, l'entrée des vestiaires, une buvette à rideau métallique et son haleine de hamburger. Bon Dieu. Mal n'était pas un grand buveur comme certains. Mais, la nuit dernière, après la raclée qu'ils avaient prise, lui et le gros Lol s'étaient enfilé une bouteille de scotch *chacun*. Et donc il avait l'impression qu'après une ou deux bières il se sentirait deux fois mieux. Il jeta un coup d'œil prudent, fit une pause et s'avança vers le comptoir en faisant tinter sa monnaie. Tout en lui était inspiré par ce qu'il voyait : la machine à sous, le bocal pour les collectes de charité, plein de pièces jaunes, les serpillières humides sous les cendriers ventrus, les bouteilles d'alcool le cul en l'air avec leurs doseurs plantés dans le goulot, garantissant une juste mesure, un juste service. Et, affable, souriant, le barman venait vers lui à petits pas sur le plancher.

« Mal ! »

Il se retourna. « Bern, mon vieux ! »

— Ça va ?

— Ça va ? Comment va le petit Clint ?

— C'est une terreur. Et... ?

— Jet ? Toujours beau gosse.

— C'est Mal. Dis bonjour à Toshiko. »

Toshiko sourit de ses dents japonaises.

« Enchanté de faire votre connaissance », dit Mal, et il ajouta, incertain, perdu : « Vraiment. »

Bern était le père que Mal connaissait le mieux. Ils avaient fait connaissance sur la ligne de touche d'un autre terrain de sports, regardant leurs fils représenter Saint-Antoine au foot. Clint et Jet, une paire de buteurs pour les Moins de Neuf Ans. Les deux pères regardaient comme deux entraîneurs ou deux pros hurlant des conseils tels que « Marquage de zone ! » ou « En

balayage ! » ou encore « 4-4-2 ! », tandis que leurs
fils, comme tous les autres, couraient en tous
sens comme des chiens à la poursuite d'une
balle. Ensuite Mal et Bern allèrent boire un
coup pour oublier ça. Ils étaient d'accord sur les
causes de cette putain de raclée que l'équipe
de leurs gosses avait essuyée : neuf à zéro. La
défense était merdique et le milieu de terrain
foutait que dalle. Et y avait personne pour passer le ballon à leurs deux buteurs qui se les
gelaient à l'avant !

« J'ai entendu quelque chose d'intéressant
l'autre soir », dit Bern tout d'un coup. Bern était
photographe, de mode au départ mais maintenant de mondanités. Il parlait encore plus mal
que Mal. « Un truc intéressant. Je couvrais une
soirée du maire. Taillé une bavette avec tous ces,
euh, ces inspecteurs de Scotland Yard. Tu te souviens de ce type qui est entré par effraction à
Buckingham ? Qui a foutu le bordel ? »

Mal hocha la tête. Il se souvenait.

« Eh bien, tu devineras jamais. » Et le visage de
Bern se fit solennel comme celui d'un confes-
seur. « Ils pensent qu'il l'a baisée. Ils croient
qu'il se l'est faite.

— Qui ?

— La reine. Tu te souviens qu'on l'a trouvé
dans sa salle de bains, hein ?

— Ouais.

— Eh bien ces types pensent qu'il l'a baisée.

— Ouah ! mec, c'est un peu dur, non ?

— Ouais, c'est ce qu'ils pensent. Y pensent qu'il l'a baisée. Et donc, euh, donc, t'es parti.

— Ouais, mon vieux. J'pouvais plus tenir.

— Parce que chaque homme a...

— Sa limite.

— Juste. Je veux dire, y a un moment où on en a marre d'en prendre plein la gueule, hein ?

— Ouais. »

Ça faisait du bien de parler comme ça avec Bern. Ça lui permettait d'éliminer un peu. Bern avait quitté le foyer pendant que sa femme était enceinte du petit Clint. Pas pour cette Toshiko, qui avait l'air japonaise, mais pour quelqu'un d'autre. Chaque fois qu'il tombait sur lui, Bern avait une nouvelle femme à son bras : étrangère, la trentaine. Comme s'il y allait pays par pays. Pour rester jeune.

« Regarde celle-là, dit Bern. Vingt-huit ans. Tu sais quoi ? C'est ma première petite Jap. Pas vrai, Tosh ! Où elles étaient passées, que jamais de ma vie... » Sans baisser la voix ni changer de ton, il dit : « Tu sais, j'avais toujours cru qu'elles étaient faites de travers. En dessous, je veux dire. Eh bien non. Bâties comme toutes les autres, Dieu merci.

Elle parle pas anglais, pas vrai, Tosh ? » continua Bern, ce qui tranquillisa Mal.

Toshiko baragouina quelque chose.

« On peut toujours parler sexe. »

Mal baissa les yeux. Le problème, c'était... Le grand problème avec Mal, c'était que sa sexualité, comme sa sociabilité, était essentiellement sombre. Comme si tout avait dérapé quarante ans plus tôt, un samedi soir pluvieux, quand il avait contemplé dans une vitrine de magasin ces femmes en plastique brun ou doré, brillant, lisse, ciré, les bras tendus pour des offrandes ou des explications patientes... Ensemble dans leur lit, Linzi et lui — Big Mal et Shinsala — regardaient *Chaudes Filles d'Orient*. Dorénavant, toute leur vie sexuelle se fondait sur *Chaudes Filles d'Orient*, avec le magazine, le jeu vidéo, le CD, ou tout ce qu'on voulait. *Chaudes Filles d'Orient*, se disait Mal, était une étape importante dans l'évolution des rapports interraciaux dans ce pays. Des hommes blancs et des femmes asiatiques atteignaient l'orgasme ensemble dans une hybridation électronique. En Angleterre, il était maintenant permis à n'importe quel petit branleur de jeu vidéo d'avoir qui sa Fatima, qui sa Fetnab. Quand les *Chaudes Filles d'Orient* se reposaient, ou quand ils avançaient la cassette et que le poste de Linzi était au point mort, la chaîne de choix était TV India, avec des comédies musicales indiennes. Et quelle culture chaste ! Dès qu'un couple faisait mine de s'embrasser, la caméra coupait et montrait d'un coup des tourterelles gazouillantes ou des grandes vagues à l'assaut d'une falaise. Des femmes d'une beauté céleste et sombre riaient, chantaient, dansaient, faisaient la moue et surtout pleuraient, pleuraient, pleuraient : on extrayait de leurs yeux des larmes énormes, collantes, opalescentes, sur fond de montagnes ou de fausses lunes. Et puis Linzi pressait sur Play et on revenait vers une petite Arabe qui souriait, ricanait, et enlevait ses habits au son d'une mélopée arabe dans un appartement à la fois moderne et évoquant une mosquée, et elle se contorsionnait sur un sofa en skaï ou sur un tapis profond et moelleux... L'autre vidéo qu'ils n'arrêtaient pas de regarder était celle que Linzi s'était procurée chez Kosmétique. Comment obtenir de gros seins, Avant et Après. On voyait bien que la chirurgie esthétique cherchait à intervertir l'ordre naturel, parce que Après était toujours mieux qu'Avant, au lieu que ce soit une dégradation comme dans la vie. Bien que Mal appréciât Linzi comme elle était, il était pourtant tenté par Kosmétique pour elle, et cela le troublait. Mais il voulait lui aussi changer de peau. Une fois, au coin des Orateurs de Hyde Park, où des harangueurs parlent tous seuls sur des caisses sans aucun public visible, il était resté la main posée sur l'épaule de Linzi, absorbé par le fantastique noir de cirage de ses cheveux, et il s'était senti remarquablement évolué, comme un arc-en-ciel racial, prêt à affronter un nouveau monde. Il voulait un changement. Tout ça, pensait-il, tout ça arrivait parce qu'il voulait un changement. Il voulait un changement, et l'Angleterre ne le laissait pas faire.

« Avec qui tu es en ce moment ? lui demandait Bern.

— Linzi. Ça baigne.

— Ah. Super. Quel âge ? »

Il allait dire : « La quarantaine. » Ouais : quarante-*neuf* plutôt. Pourquoi ne pas dire simplement : « Seize ans » ? Mal était plein de reconnaissance pour Bern, qui n'avait pas dit un mot sur sa figure. Oui, c'était tout Bern, ça : un homme du monde.

Pourtant Mal n'arriva pas à lui donner une réponse, et Bern se remit à parler de ce gus qui avait baisé la reine (du moins à ce qu'on pensait) et qui avait disparu. Toshiko restait là à sourire, les dents offertes en un ordre déconcertant. Cela faisait près de trente minutes que Mal était à ses côtés, et elle restait totalement terrifiante pour lui, comme un personnage sorti d'un vieux film sur la Seconde Guerre mondiale. Les couches supplémentaires de chair faciale, comme si elle portait un masque de peau. Le front, ces orbites, ces yeux, ces paupières à facettes... Il avait élaboré une vague théorie au cours des années, comme quoi les filles japs se défonçaient au plumard. Et il le fallait bien, selon lui. Il ne voulait pas aller plus loin mentalement. Bordel. Peut-être même qu'elles vous laissaient les baiser dans l'œil.

Eliza l'appela sur son portable pour dire que le car des gamins était enfin arrivé.

3. *Mortal Kombat*

Il se sentait comme un homme dans une situation classique. Ses bizarreries étaient juste bizarres : ça arrivait, rien d'original. Comme il sortait en plein air, échangeant les teintes tout irlandaises du bar (bien résumées par les bruns voluptueux du bourbon que buvait Bern) pour la clarté polaire d'un midi de septembre anglais, il ne voyait que ça, sa situation. Le soleil n'était ni haut ni bas, juste incroyablement intense, comme si on pouvait l'entendre, dans le grondement de ses vents torrides. Chaque année, le soleil remettait ça, soumettant le Royaume à un examen critique soutenu. Il contrôlait par le menu l'état de l'Angleterre. Eliza dans sa salopette vert tilleul vint à ses côtés. Il se détourna. Il dit : «Il faut qu'on parle, El. Face à face.

— Quand ?

— Plus tard», dit-il. Car les garçons, venant du parking, déboulaient déjà par la porte d'entrée. Mal resta là, à regarder : l'exemple même

d'une mauvaise posture. Dans sa vision périphé-
rique, il sentait El qui respirait et ondulait.
Comme ils avaient l'air légers, ces petits, incroyablement légers.

*Pour une femme plus jeune. Abandonnant sa femme
et son enfant...* Était-ce si vrai ? Mal se prenait à
penser qu'on pouvait argumenter qu'Eliza n'était
pas sa femme. Bon, d'accord, il l'avait épousée.
Mais juste un an plus tôt. Pour lui faire une surprise, comme un beau cadeau d'anniversaire.
Honnêtement, ça ne voulait rien dire. Mal avait
pensé à l'époque qu'El avait réagi trop violemment. Pendant des mois elle s'était promenée
avec une expression affamée. Et ce n'était pas
qu'une expression. Elle avait pris cinq kilos
depuis Noël. *Abandonnant son enfant.* Ah, ben
oui, c'était assez vrai. On pouvait le coincer sur
ce point. Le jour où il avait annoncé la nouvelle
à Jet, il avait pensé qu'il le lui dirait, et puis qu'El
l'emmènerait voir *Mortal Kombat.* Que Jet voulait
voir depuis des mois, suppliant, insistant. Mais
ce jour-là, Jet refusa d'y aller. Mal regarda Eliza
essayant de l'entraîner dans la rue, ses baskets,
ses survêtements gris, son air boudeur. Mal l'em-
mena voir *Mortal Kombat* la semaine suivante.
Vraiment trop con. Ils se donnent des coups de
pompe dans la tronche pendant vingt minutes
sans même s'envoyer des insultes.

Le voilà qui arrivait maintenant, sa mère se
penchait déjà sur lui pour redresser le col de son

polo et passer la main dans sa nouvelle coupe
de cheveux. Nouvelle coupe ? Depuis quand ? Et
bon Dieu : un anneau à l'oreille. Voilà El qui
jouait à la maman cool. Du genre : on l'amène
aux puces et on lui achète un blouson de cuir.
Restant silencieux pour l'instant, Mal s'accrou-
pit *(Ah !)* pour lui embrasser la joue et ébourif-
fer ses cheveux — euh, non. Attention, il ne voudrait pas qu'on le décoiffe. Jet s'essuya la joue et
dit : « Papa ? Qui c'est qui t'a foutu une raclée ?

— On a été attaqués par plus nombreux.
Beaucoup plus nombreux. » Il calcula mentalement. Ils étaient environ une trentaine. « Quinze
par personne. Moi et le gros Lol. » Il ne dit pas
à Jet que, sur les trente, quinze étaient des
femmes.

« Papa ?

— Ouais ?

— Tu cours dans la course des pères ?

— Jamais de la vie. »

Jet regarda sa mère, qui dit : « Mal, faut que
tu le fasses.

— Jamais de la vie. Aujourd'hui, là, ça m'achè-
verait.

— Mal.

— Pas en forme, pas de souffle.

— Mais papa.

— Rien à faire, Dagobert. »

Mal baissa les yeux. Le garçon le fixait avec
une attention soutenue, ce qui le faisait presque

loucher, la bouche grande ouverte, il observait
les crevasses et les protubérances de la blessure
de son père.

« Concentre-toi sur tes propres performances,
dit Mal.

— Mais papa. T'es censé être un *videur*, non ? »
dit Jet.

Videur, faire le videur, comme métier, comme
profession, avait une réputation imméritée. On
ne le comprenait pas bien, selon Mal.

Dans les années soixante-dix, il avait monté la
garde toute la nuit devant la porte d'entrée de
pas mal de clubs privés, il avait fait le chien de
garde devant beaucoup d'établissements très
fermés, le plus souvent avec le gros Lol à ses
côtés. Le tandem Big Mal et le gros Lol. Ils avaient
commencé ensemble au palais de Hammer-
smith. Rapidement, ils étaient montés en grade
avec des établissements du West End comme
Ponsonby et Fauntleroy. Il avait fait ça quinze
ans, mais il ne lui avait pas fallu une semaine
pour saisir comment ça marchait.

Pour faire le videur, il ne fallait pas vraiment
vider les gens, les jeter dehors. Faire le videur
signifiait ne pas laisser entrer les gens. C'était à
peu près tout ce qu'il fallait savoir sur la question. Ah, oui, et aussi dire « monsieur » aux gens.
Si on voit s'amener un type ivre mort ou un de

ces poids plume bourrés de coke, il suffit de dire : «Désolé, monsieur, vous ne pouvez pas entrer. Pourquoi? Parce que c'est un club privé et que vous n'êtes pas membre, monsieur. Si vous ne pouvez pas trouver de taxi à cette heure, monsieur, nous nous ferons un plaisir d'en appeler un de l'entrée.»

Si on voit un groupe de connards enfarinés qui descendent la petite rue dans leurs costards, on dit juste : «Bien le bonsoir, messieurs! Non, désolé, messieurs, ce club est réservé aux membres. Ouais! Attention, un peu de calme, messieurs! Lol! Okay, okay. Si vous ne vous endormez pas avant, messieurs, je peux vous recommander le Jimmy, 32 Noel Street, sonnette du bas. Prenez à gauche et encore à gauche.» Environ une fois par semaine, souvent lors des week-ends, M. Carburton venait à la porte, vous regardait dans les yeux et demandait, avec une lassitude exaspérée : «Mais bon Dieu, qui les a laissés entrer?»

On répondait : «Qui?

— Qui? Ces deux connards d'enfoirés qui font deux mètres et qui sont même pas rasés.

— Z'avaient l'air OK.» Et on ajoutait, surtout au début : «Z'étaient avec une poule.

— Y sont *toujours* avec une poule.»

Mais la poule avait disparu et les types balançaient des siphons d'eau gazeuse dans tous les coins et on descendait les escaliers et... Donc la

seule fois qu'il fallait vraiment faire le videur,
c'était quand on avait échoué... comme videur.
Vider était une opération de nettoyage rendue
nécessaire à cause d'un vidage inadéquat. Les
meilleurs videurs n'avaient jamais à vider. Juste
les mauvais videurs. Ça pouvait paraître compli-
qué, mais ça ne l'était pas.

... Dans leurs chemises à collerettes, leurs fracs
qui empestaient, Big Mal et le gros Lol, dans les
escaliers, les sorties de secours, ou penchés au-
dessus de la caisse à cinq heures du matin quand
on allume toutes les lumières, avec un déclic de
l'interrupteur, on passait de l'opulence à la
pauvreté, tout s'évanouissait, séduction, sexe,
privilège, glamour, empire, tout effacé dans un
flot de lumière électrique. Il y avait aussi des
moments de réel danger. Étonnant comme ils
sont tenaces, ceux qu'on a exclus et fait partir
— poussés, rejetés, giflés, envoyés valdinguer du
pied, du genou ou de l'épaule. Ou à qui on a
juste dit : « Désolé, monsieur. » Ils attendaient
toute la nuit, ou bien revenaient des semaines
ou des mois plus tard. On escortait la fille des
vestiaires, hâve et privée de petit déj, vers sa Mini
et ensuite on filait vers sa bagnole dans la brume
d'une aube à la Jack l'éventreur. Et il était là,
attendant, le dos au mur contre la voiture, finis-
sant une bouteille de lait et la soupesant dans
ses mains.

Parce que certains refusent d'être exclus. Cer-

tains ne veulent pas qu'on leur dise de repartir...
Mal vidait ici, il vidait là ; il fit le videur année
après année, sans blessure sérieuse. Jusqu'à une
nuit. Il terminait tôt cette nuit-là et sur les marches se trouvait toute la faune des escortes, chauf-
feurs, rouleurs de taxis, les putes, dealers, pédés,
petites frappes et macs, et alors qu'il se frayait
un chemin de manière joviale à travers cette
foule, une ombre pas très grande s'approcha, il
entendit un souffle sec qui glissait : *Prends ça,
mec...* D'un coup, Mal fit un bond en arrière
pour essayer de voir ce qui lui arrivait : la lame
dans son ventre et le sang qui giclait le long des
plis de sa chemise blanche toute tachée. Il
pensa : c'est quoi ce qu'on dit, déjà, qu'on ne
sent rien quand on a reçu un coup de couteau ?
Qu'elle vient plus tard, n'est-ce pas, la douleur ?
Eh bien non, mon vieux : elle vient tout de suite.
Comme un grand déchirement au cœur. Le
ventre de Mal, son ventre ferme et résistant, était
subitement devenu le théâtre d'un grand remue-
ménage. Et il sentait le besoin de parler, juste
avant de tomber.

Ce moment lui était familier. C'est qu'il les
avait vus tomber, ses camarades, les gardiens
en smoking des heurtoirs de bronze et des lan-
ternes de diligence. Le grand noiraud Darius
glissant le long d'un réverbère après avoir reçu
un démonte-pneu en travers du visage à la porte
de Fauntleroy. Ou le gros Lol lui-même, dans le

Fauntleroy, rebondissant de table en table avec la moitié d'une bouteille de bière fichée dans le crâne. Ils voulaient tous dire quelque chose avant le noir. On aurait dit les films de guerre des années cinquante. Que disaient-ils alors ? «J'en ai pris une dans le dos, mon capitaine.» Non pas que le videur qui tombe réussisse à en dire beaucoup : un juron, un vœu. C'était l'expression de leurs visages, demandant une reconnaissance ou du respect, parce qu'ils étaient là, dans une sorte d'uniforme — le gros nœud papillon noir, les petites chaussures noires — et ils tombaient au front, en plein service. Ils tombaient et ils voulaient qu'on reconnaisse qu'ils avaient bien gagné leur pitance. Voulaient-ils simplement dire — ou entendre : «Monsieur» ?

Il partit à reculons jusqu'au moment où ses épaules heurtèrent le rebord de la fenêtre. Il s'affaissa lourdement sur les fesses : *Ah !* Le gros Lol s'agenouilla pour lui faire un berceau de ses bras.

«Là, Lol, j'en tiens un coup ! dit Mal. Merde, j'suis fait, mon vieux. J'suis foutu !» Le gros Lol voulait le nom du type qui l'avait planté. Et la police aussi. Mal ne pouvait pas les aider dans leur enquête. «Jamais vu, jamais connu», insistat-il, tout à fait sûr qu'il n'avait jamais posé les yeux sur ce type. Mais c'était faux. La mémoire lui revint, finalement, réveillée par la nourriture de hôpital.

La nourriture de l'hôpital. Mal ne l'aurait jamais admis, en fait il adorait la nourriture de l'hôpital. Pas un bon signe, ça, quand on se met à aimer la bouffe de l'hôpital. On entend le grincement de la table roulante, qui répand aussitôt dans tout le service cette odeur de papier journal humide, et d'un coup vos tripes torturées démarrent comme un moteur de hors-bord et vous déglutissez un quart de litre de salive. C'est le signe qu'on adhère à l'institution de manière suspecte. Il n'avait rien à foutre des quiches et pizzas que lui apportait Eliza. Il les mettait à la poubelle ou bien les donnait aux pauvres crevés de la salle commune. Les vieux, pris dans l'incendie de leurs nuits, hennissaient parfois, comme les chiens de patrons de café, qui font des cauchemars sous les tables basses.

C'était juste au moment où il envoyait un baiser de tous ses doigts réunis et félicitait de son récent triomphe culinaire l'infirmière qui amenait le dîner que Mal se souvint d'un coup du type qui l'avait planté. « Bon Dieu », dit-il à l'infirmière dans son bavoir en plastique. « Mais c'est ridicule. Non, je veux dire que jamais... » Sans écouter, débordée, la brave vieille continua sa tournée, laissant Mal froncer les sourcils et secouer la tête (et plonger dans sa nourriture). C'était grâce à la surface panée des croquettes de poisson : à leur surface, Mal avait reconnu la couleur gingembre des cheveux de son assaillant.

La nuit du coup de couteau, et une autre nuit, des mois plus tôt, *des mois...* Il était tard, il faisait froid : Mal sur les marches du Fauntleroy, scellant l'entrée éclairée comme un rocher rond, de toute sa largeur, et le petit rouquin disant : « Est-ce que je dois comprendre que je ne suis pas assez bien pour entrer ?

— Je ne sais pas ce que tu comprends, mon pote, mais ce que je dis c'est : pour les membres du club seulement. »

Déjà, l'appeler « mon pote » et non « monsieur », ça voulait dire que la patience de Mal était presque à bout.

« C'est-y parce que j'suis juste un travailleur ?

— Non, mon pote. Je suis un travailleur, moi aussi. Mais je ne travaillerai plus si je te laissais entrer. C'est le règlement. C'est un établissement sélect, ici. Tu veux payer huit cents balles un verre de limonade et l'offrir à une pute ? Rentre chez toi.

— Alors vous n'aimez pas mon genre ?

— Ouais, mec, c'est la couleur de tes cheveux. On n'aime pas les rouquins ici. Allez, file. Il est tard. Il fait froid. Fous le camp.

— Est-ce que je dois comprendre que je ne suis pas assez bien pour entrer ?

— Putain, tu vas foutre le camp ? »

Et c'était tout. Ce genre de truc arrivait dix fois par soir. Mais ce petit rouquin attend jusqu'au printemps et il revient et il laisse un cran

d'arrêt dans les tripes de Mal. « Prends ça, mec. »
Et maintenant c'était au tour de *Mal* d'être à la
limonade, de manger des croquettes de poisson
dans un plateau qui glissait sur le lit.

J'en ai pris une dans le dos, mon capitaine... Dans
Les Briseurs de barrages, le film qu'il voulait tant
voir quand il était gosse. Comme Jet avec *Mortal
Kombat*. Il se souvint d'une autre de ses répli-
ques. « Nègre est mort, mon capitaine. » Dit de
manière maladroite, tendre, le soldat apportant
la nouvelle à l'officier. Voulant dire le chien. Ils
avaient un chien appelé Nègre. Le petit chien
noir, la mascotte qu'on cache et qui meurt, était
appelé Nègre. On ne pourrait plus faire ça de
nos jours. Pas possible. Dans un film. Appeler un
chien Nègre ? Pas possible, non. Les temps chan-
gent. Appeler un chien *noir* Nègre ? Même pas.
Rien à faire. On te tomberait dessus comme
un... Appeler Nègre un chien noir qui meurt
dans un film ? Rien à faire, Dagobert.

4. Burger King

Ainsi, les distinctions de classe, de race et de
sexe étaient-elles à ce qu'on disait abolies (et
beaucoup d'autres choses étaient aussi abolies,
comme la vieillesse et la beauté et même l'édu-

cation) : tous ces réflexes automatiques qui vous permettaient de décider qui était au-dessus ou en dessous avaient été abolis. Des beaux parleurs déclaraient de tous les côtés qu'ils s'étaient débarrassés de leurs préjugés, qu'ils s'étaient enfin purgés de ces discours tout faits. C'est ce qu'ils avaient décidé. Mais pour ceux qui restaient à l'autre bout de l'opération — les ignorants, par exemple, ou les très laids — ce n'était pas leur décision. Certains n'avaient pas d'habits neufs. D'autres portaient encore l'uniforme de leurs déficiences. D'autres avaient encore leurs vieilles fripes de merde.

Il y en aurait toujours qui ne seraient jamais admis.

Mal regarda devant lui et se raidit. Le prof de gym passait, avec son mégaphone qui avait l'air d'un prototype de portable, appelant les noms pour la première épreuve. Les parents se massèrent face à la piste, et au point d'interrogation fantastique du soleil bas, avec leurs jumelles, appareils photo, caméscopes, et tous leurs *autres* enfants — les petites sœurs, les grands frères, les bébés (qui pleuraient, bâillaient, secouaient un pied emmailloté). Mal continuait à regarder, faisant attention à laisser une distance d'au moins deux parents entre Eliza et lui, El et sa salopette verte, ses cheveux fins, légers, roux-bruns. Entre eux montaient et descendaient d'autres styles de chevelure — mèches grises, petit page, gavroche, teinte caramel ; et chez les hommes, les tragédies de la disparition à des degrés divers, portées de manière diverse, avec toujours un type qui a collé son unique mèche en travers du crâne, comme si un favori avait lancé un pont vers l'autre. Peut-être que le soleil ne les regardait pas mais se contentait de pousser les lumières au maximum, comme au Fauntleroy quand venait l'aube (et qu'on se posait des questions sur ce que valait tout ce qu'on avait défendu pendant la nuit), et que chacun voyait les choses à sa manière.

Des coureurs en tenue réglementaire, shorts et T-shirts blanc cassé, s'assemblaient sur la ligne de départ. Mal consulta son programme : une seule feuille ronéotée. Perdu dans sa concentration (ses lèvres bougeaient), il sentit qu'on lui tirait le bras.

« Oh », dit-il. C'était Jet. « Faudrait voir à y aller, mon vieux.

— Ce sont les élèves de seconde.

— Où tu es alors ?

— Soixante-dix mètres et deux cent vingt.

— ... alors ça ne va pas être avant un bout d'temps. Bon. Travaillons la préparation. »

Jet se détourna. Les cheveux stylés, la boucle d'oreille en or. Pendant une seconde, l'arrière de ses oreilles s'illumina d'une transparence orange. Et Jet se tourna à nouveau vers lui et le regarda avec un rictus timide qui retroussait la

lèvre supérieure. Bon Dieu : ses dents étaient
bleues. Mais ce n'était pas grave. Juste la trace
d'un sucre d'orge qu'il avait réussi à avaler, et
non une nouvelle façon d'avoir l'air horrible
exprès. La loi de la mode voulait que chaque
enfant choque le sens esthétique de ses parents.
Mal avait choqué le sens esthétique de ses
parents : jeans étroits et cols roulés sales, les cheveux comme une houle de graisse noire. Jet avait
réussi à choquer le sens esthétique de Mal. Et les
enfants de Jet, quand il en aurait, auraient la
tâche difficile de choquer le sens esthétique de
Jet.

« Okay, faut penser un peu au mental. On va
réviser la préparation. Point numéro un. »

Encore une fois, le garçon détourna la tête.
Resta sur place, mais détourna la tête. Les deux
années scolaires passées, Jet avait été classé dix-
neuvième sur vingt. Mal aimait imaginer que
Jet compensait cela par son excellence, due
en partie à son père, sur les terrains de sport.
Le gymnase, le court de squash, la piscine, le
parc : l'entraîner était devenu le seul objet de
leur relation. Dernièrement, évidemment, leurs
séances avaient été réduites. Mais ils allaient
encore à l'entraînement le samedi après-midi,
avec le chronomètre, le ballon de foot, le disque,
le talc. Mais Jet semblait moins passionné ces
temps-ci. Et Mal, lui aussi, se sentait différent.
Maintenant, en voyant Jet se mettre en boule

pour le départ, ou piquer un petit sprint, Mal
ravalait ses paroles d'encouragement ou de critique, et expirait silencieusement. Et il ne sentait venir que la nausée. Il n'avait plus ni l'auto-
rité ni la volonté. Et puis vint l'heure la plus
noire : Jet laissa tomber l'équipe de foot de
l'école... Un abîme s'ouvrait entre le père et le
fils, et comment le combler ? Comment fait-on ?
Tous les samedis à midi, ils s'asseyaient l'un en
face de l'autre dans la section des jeux d'enfants
du McDonald's, Jet avec son Menu Spécial
(hamburger, frites et un joujou en plastique
valant bien dix centimes) et Mal avec ses McNug-
gets au poulet ou son poisson pané. Ils ne mangeaient pas. Comme des amants à leur dernier
repas au restaurant, ils laissaient la nourriture
entre eux sans la toucher ni même la regarder.
Sans compter que depuis quelque temps maintenant, pour Mal, la simple vue d'un hamburger
suffisait à lui retourner l'estomac. C'était comme
tourner le contact d'une voiture qui est en première avec le frein à main serré : une brusque
secousse en avant qui ne vous amène nulle part.
Mal avait eu une expérience limite avec des
hamburgers. L'enfer des hamburgers, il était
passé par là.

« Papa ?

— Ouais ?

— Alors, tu cours dans la course des pères ?

— J't'ai dit. J'peux pas, fiston. Mon dos.

— Et ta figure.

— Ouais. Et ma figure. »

Ils regardèrent les courses. Et, bon, jusqu'à quel point faut-il leur assener que la vie des jeunes garçons n'est qu'une succession de courses ? L'école, c'est déjà une compétition d'examens et de niveaux de popularité. On vous donne le démon de la course. Et on pouvait voir ce que la nature leur avait fourni pour cette course, sans parler des entraînements interminables dans le gymnase, sans parler du pouce pressé sur le chronomètre : les flâneurs paresseux, les arrivistes terrifiants, les lents, les flèches et toutes les gradations intermédiaires. Ils partaient tous comme un seul homme, ces coureurs, un seul peloton. Et puis, comme par un processus naturel de sélection, ils s'écartaient, certains filant en avant, d'autres (toujours allant de l'avant) laissés derrière. Plus la course était longue, plus on voyait les différences. Mal essaya d'imaginer les coureurs restant au même niveau tout du long, et terminant comme ils avaient commencé. Et ça n'était pas humain, en quelque sorte. On ne pouvait pas l'imaginer, pas sur cette planète. Ce fut le tour de la première course de Jet.

« Alors, souviens-toi bien, dit Mal tout courbé. Accélère dans la ligne droite. Le dos raide, les genoux hauts. Coupe l'air avec tes mains tendues. Souffle court jusqu'à ce que tu casses le fil d'arrivée. »

Dans le court intervalle qu'il fallut à Jet pour atteindre les starting-blocks — et malgré la chaleur et la couleur de la salopette d'Eliza qui venait de se matérialiser à son côté —, Mal s'était complètement transformé en l'un de ces parents complètement fous de sport dont on parle dans les magazines. Pourquoi ? C'était simple : il voulait revivre sa vie à travers son fils. Levant ses poings aux articulations blanchies à hauteur des épaules, il avait le front plissé jusqu'au nez ; et ses lèvres exsangues articulaient dans un sifflement désespéré : « Ventile ! Travaille la continuité ! Détends-toi ! Détends-toi ! »

Mais Jet ne se détendait pas. Il ne détendait pas ses membres comme Mal le lui avait appris (comme la télé l'avait appris à Mal), en sautillant sur place, en secouant les bras de part et d'autre, et en aspirant l'air dans un poumon d'acier. Jet restait juste debout, planté là. Et comme Mal le regardait d'un air implorant, il sentait que Jet avait l'air... qu'il avait quelque chose de différent. Il ne pouvait pas mettre le doigt dessus. Il n'était ni le plus grand ni le plus mince. Mais Jet avait quelque chose d'exceptionnel par rapport aux autres. Le pistolet du starter fit entendre sa détonation grêle. Deux secondes plus tard, Mal se passa la main sur les yeux : *Ah* !

« Dernier ? » dit-il, quand le bruit se fut éteint.

«Dernier», dit Eliza, glaciale. «Maintenant tu vas laisser ce gosse tranquille.»

Jet arrivait vers eux en se frayant un passage, et Eliza disait des choses comme pas de chance et ça ne fait rien, mon chéri; et son impulsion première était de faire ce que son propre père aurait fait devant une telle perte de prestige, c'est-à-dire de mettre Jet en observation dans un hôpital pendant une ou deux semaines. Voir s'il apprécierait. Mais une telle époque était révolue, et il n'avait pas de volonté, et l'impulsion s'évanouit. De plus, le garçon allait de-ci, de-là de manière embarrassée et il évitait son regard. Mal sentit alors qu'il devait proposer quelque chose, quelque chose d'osé, de pervers, d'enfantin.

«Écoute. Samedi, à l'entraînement, on va travailler ton rythme. Tu vas avaler un hamburger pour prendre des forces, et puis on va travailler le rythme. Et tu sais pas? Je vais manger un hamburger. Ou même deux.»

C'était une blague de famille. Mais les blagues de famille peuvent aller dans n'importe quel sens quand il n'y a plus de famille.

Eliza dit : «Oyez, oyez le roi des Burgers.»

Jet dit : «Le *retour* du roi des Burgers.»

Roi des Burgers était une sorte de surnom. Jet souriait sinistrement dans sa direction, les dents toujours bleues.

«Je le ferai. Juré. Pour Jet. Ah, bon sang!

Hou ! la la ! Merde. Cette fois, ça y est, j'suis bon.
Là, El. Ouah. »

Manger des hamburgers ? Il ne pouvait même
pas *dire* le mot.

La Californie. Quand le dernier lifting de
Joseph Andrews tourna si mal qu'il dut annu-
ler toute l'opération de Las Vegas et fermer
toute la branche de la côte Ouest, Big Mal
décida de rester à L. A. pour essayer de voir ce
qui se passerait s'il travaillait à son compte. Il
vira l'essentiel de son argent à Londres mais
garda quelques milliers de dollars comme mise
de départ. Il y avait des propositions, des pro-
jets, des plans. Il s'était fait pas mal d'amis
dans le milieu des jeux et des boîtes de nuit. Le
temps était venu de demander qu'on lui rende
ses faveurs.

Et voilà ce qui arriva : vingt-trois jours plus
tard, il était au bord du gouffre. Tout le monde
l'avait laissé tomber. Il avait arrêté de manger,
de boire et de fumer, dans cet ordre. Il avait des
visions et des hallucinations auditives. Dans le
motel, la nuit, il entendait des inconnus fanto-
matiques rôder autour de lui, lui faisant des
offres. Il allait s'asseoir dans un parc et un oiseau
dans un arbre se mettait à chanter. Pas un chant
d'oiseau, une chanson des Beatles. Comme « Try
and See It My Way » avec toutes les paroles. C'est

arrivé à ce point qu'il s'était mis à fouiller dans les poubelles des supermarchés et qu'il avait découvert que la nourriture, si variée dans ses apparences, ses couleurs et ses textures, pouvait perdre son identité et devenir une seule et même substance. Où qu'il allât, on le chassait. Même les poubelles des supermarchés étaient souvent gardées, pour le cas où on trouve des trucs pourris qu'on mange et qu'on fasse un procès.

À l'aube du dernier matin, c'était l'anniversaire des quarante-cinq ans de Mal. Il se réveilla sur le siège avant d'une vieille Subaru, dans un parking de cinéma quelque part près de l'aéroport. Eliza lui avait envoyé un billet de retour depuis Londres : encore quatorze heures. Il considérait le vol non comme un voyage, ni comme un retour au bercail, ni même une défaite, mais comme un déjeuner à l'œil. D'abord, les cacahuètes. Ou le mélange de noix salées.

Quand il vit le panneau, il pensa que c'était une autre hallucination. « Chez Maurie, le Burger des anniversaires »... Il suffisait de montrer son permis de conduire. On pouvait avoir un burger gratis et une petite réception. Maurie avait plus de soixante-dix succursales dans le grand Los Angeles. Et une fois que Mal avait commencé, il n'y avait pas de raison de s'arrêter. Après le trentième ou le trente-cinquième hamburger, on ne pouvait pas dire que c'était la faim qui le motivait. Mais il continuait. C'est parce que Maurie faisait ce que personne d'autre ne faisait : il le laissait entrer.

Sur le plan gastrique, les choses se gâtaient déjà quand il arriva à l'aéroport de L. A. et enregistra ses bagages : un sac de cinquante kilos complètement déchiré qui contenait tout ce qu'il possédait. Il alla jusqu'à la porte d'embarquement sans trop de problèmes. Ce fut dans l'avion que tout dégénéra. Il se trouvait qu'on avait vendu à Maurie, cette semaine-là, une livraison de viande plus ou moins avariée. Quoi qu'il en soit exactement, quand Mal boucla sa ceinture de sécurité, il lui sembla qu'il la refermait sur dix kilos de vache folle.

Cinq heures plus tard, au-dessus de la baie de Baffin : discussions très sérieuses entre les copilotes au sujet d'un atterrissage d'urgence à l'aéroport de Disko, Groenland, tandis que Mal continuait à tituber de part et d'autre de l'avion, dévastant patiemment un W.C. après l'autre. Ils le laissèrent même s'attaquer aux toilettes de la classe affaires. Puis, enfin, alors qu'ils dépassaient le comté de Cork en Irlande, et que les passagers émergeaient lentement de leur sommeil, certains d'entre eux se grattant, s'étirant, sortant avec leur trousses de toilette... eh bien, il sembla à Mal (rétréci, saisi d'une pâleur mythique, soudé à son siège comme un gnome sur un champignon) que la seule issue était une évacuation en masse. Trois cents parachutes, comme autant de petits pains de hamburgers, flottant au-dessus des rivières du pays de Galles, et l'avion filait de l'avant, aveugle et grandiose.

À l'aéroport, il demanda Eliza en mariage. Il tremblait. L'hiver venait et il avait peur. Il voulait être à l'abri.

«Jet!» cria Mal. Il entendait le gosse qui cherchait à entrer.

«Papa!

— Je suis là!»

Mal était dans les toilettes du club, tout seul, rafraîchissant son front contre le miroir, penché au-dessus de l'évier souillé.

«Ça va?

— Ouais, p'tit, c'est passé.

— Ça fait mal? demanda Jet, voulant parler de sa blessure.

— Non, non, rien. Juste un peu pénible.

— Comment t'as eu ça? Qui t'a fait ça?»

Il se redressa. «Fiston?» commença-t-il. Il sentait qu'il devait une explication à Jet, un testament, un message d'adieu. Les rayons du soleil d'automne le visaient à travers les épais vitraux des fenêtres. «Fiston? Écoute-moi.» Sa voix ricochait, comme celle de Dieu, dans cette lumière de limonade. « De temps à autre, on est forcé de tomber sur un truc comme ça. Tu tombes dessus et ça ne va pas comme tu veux. Des fois tu le vois venir et des fois tu le vois pas. Et il y en a qu'on ne voit *jamais* venir. Tu piges ?

— Toi et le gros Lol.

— Moi et le gros Lol. Tu devrais voir dans quel état il est. »

Le garçon secoua ses mèches en direction de la porte.

Mal dit : « Où on en est ?

— Au deux cent vingt.

— Oh. Écoute. Jet. Je vais courir si tu cours toi aussi. D'accord ? Je cours dans la course des pères. Mais toi, tu te défonces de ton côté. Tu es d'accord ? Ça marche ? »

Jet acquiesça d'un signe de tête. Mal regarda ses cheveux : il semblait que quelqu'un avait passé une tondeuse autour des bords et avait laissé une zone rasée de six ou sept centimètres sur le pourtour... Comme Mal le suivait à l'extérieur, il se rendit compte de quelque chose. Jet sur la ligne de départ avec tous les autres gosses : il n'était pas comme les autres.

Il avait quelque chose d'exceptionnel. Mais quoi ? Il n'était pas le plus grand. Ni le plus mince. Alors quoi ? Il était le plus blanc. Voilà, c'était juste le plus blanc.

Maintenant que les préjugés avaient disparu,

tout le monde pouvait se détendre et se concentrer sur le fric.

Ce qui était très bien si on en avait.

5. *Argot rimé*

Pour être franc, le gros Lol ne pouvait pas
comprendre que Mal soit toujours intéressé.

« Toi ? dit-il. Toi ? Le Big Mal qui fricote avec
les superstars ? »

Oui, c'était ça. Big Mal : le grand fricoteur.
Mal dit : « Et toi, comment tu vas ?

— Moi ? J'suis au chômage, mon vieux. J'suis
à la rue. Alors j'me débrouille. Et toi ?

— Tout ça s'est arrêté. Joseph Andrews et tout
ça. En fait je suis à court. Temporairement. J'espère. Alors avec tous ces changements, j'ai besoin
de n'importe quel extra que je peux trouver. »

Mal ne pouvait pas parler en toute franchise.
Avec les deux hommes, autour de la table, il y
avait la femme du gros Lol, Yvonne, et leur fils
de six ans, le petit Vic. Ils déjeunaient ensemble
dans le café de Del, qui se trouvait dans Paradise
Street, dans l'East End — et c'était un autre
monde. Mal et le gros Lol étaient nés dans la
même maison la même semaine ; Mal avait fait
du chemin, mais pas Lol. Mal était assis là, dans

son complet clair, ses lunettes noires... un type
moderne. Son fils à *lui* avait un nom moderne :
Jet. Mal pouvait appeler sa copine asiatique sur
son portable. Et il avait quitté sa famille. Ce
qu'on ne devait pas faire. Et il avait en face de
lui le gros Lol dans son jean miteux, avec son
chapeau miteux, ses vieux mocassins en daim
miteux, avec une femme qui avait l'air d'une
voleuse de grand chemin, et son fils qui sursau-
tait chaque fois que son père ou sa mère tendait
la main vers le sel ou le ketchup. Le gros Lol
était toujours dans les travaux de force (ici ou
là). Il n'avait pas ressenti le besoin d'une vocation nouvelle. Il était resté avec ce qu'il avait,
comme on reste fidèle à sa marque préférée.

   « Alors, dit le gros Lol, ce que tu dis, c'est que
s'il y a quelque chose (ici ou là) qui se présente,
t'es partant ?

   — Exactement.

   — En horaire aménagé. La nuit.

   — Ouais. »

   Le gros Lol : il était la preuve vivante de l'idée
qu'on est ce qu'on mange. Le gros Lol était ce
qu'il mangeait. Encore mieux, le gros Lol était ce
qu'il était en train de manger. Et il mangeait, pour
le déjeuner, un breakfast anglais, le menu spécial
de Del à trois livres vingt-cinq. Sa bouche était un
filet de bacon mal cuit, ses yeux un brouillard
d'œufs battus et de tomates en boîte. Son nez ressemblait au bout d'une saucisse légèrement

grillée... sans compter les haricots en sauce de la couleur de son teint, et les champignons poilus de ses oreilles. Paradise Street jusqu'en bas de la raie de son gros cul, tel était le gros Lol. Une miche de pain grillé sur des jambes. Mal observa le garçon : silencieux, prudent, l'œil rusé et patient posé sur le distributeur de bonbons.

Yvonne dit : « Alors, t'as du mal avec tes fins de mois. Depuis que tu t'es tiré avec cette barbaque.

— Ne sois pas désagréable, s'il te plaît, Yv », dit Mal, atterré. Elles ne se voyaient plus si souvent à présent, mais pendant des années Yv et El avaient été les meilleures copines du monde. Et Yv était toujours mordante, comme son nom, comme son visage. « C'est pas une barbaque, en plus. Enfin, Yv, on dit plus des choses pareilles. C'est bientôt l'an 2000. »

Yvonne continua à manger, affairée, la tête penchée. Dernière bouchée. Ça y est. « C'est pas une barbaque, en plus. » Les gens disaient que barbaque était de l'argot rimé pour dire *black*. Mais Mal savait que les blacks n'étaient pas appelés barbaques à cause de la rime, mais à cause de ce qu'ils mangeaient. Quoi qu'il en soit, Linzi venait de Bombay et mangeait correctement. « Elle vient d'une famille hindoue mais elle est née juste là, en plein sur Paradise Street.

— C'est du pareil au même, dit Yvonne.

— Ta gueule », dit le gros Lol.

Quand elle était fermée, comme maintenant, la bouche d'Yv avait l'air d'une pièce de monnaie coincée dans la fente d'un distributeur. Non, il n'y avait même pas de fente : juste le bord entaillé d'un penny de cuivre qui bouche l'ouverture. Oh mon Dieu, pensait Mal, dans quel état est son bateau. (On disait bateau, pour dire figure, à cause de *figure de proue*.) Jamais l'expression ne lui avait semblé plus appropriée. Il voyait la tête entière comme une proue, un rétrécissement, un virage en épingle à cheveux. «Linzi, quand elle signe son nom, dit Yvonne. Elle fait pas un petit cercle au-dessus du dernier "i" ?»

Mal réfléchit. «Ouais, dit-il.

— J'en étais sûre. Comme n'importe quelle petite minette. Elle fait la même chose avec "Paki" ?

— Ta gueule », dit le gros Lol.

Plus tard, dans le pub, le gros Lol dit : «Qu'est-ce que tu fais ce soir ?

— Pas grand-chose.

— Il y a bien un boulot, si ça te dit.

— Ouais ?

— Les sabots.

— Les sabots ?

— Ouais, dit le gros Lol. Foutre des sabots. »

Yv avait un visage qui avait vu le monde, comme El. Le « bateau » d'El comme il était dans son souvenir, du moment qu'il ne pouvait pas le voir, était confiant, gentil, servile sous son halo de fins cheveux roux. Bientôt Mal serait obligé de regarder ce visage, d'y plonger son regard, de lui faire face avec sa face à lui.

Mais d'abord Jet dans le deux cent vingt !

« N'oublie pas la tactique, lui disait Mal. Souviens-toi. Cours comme si c'était un sprint de trois fois soixante-dix mètres. L'un après l'autre. »

Jet le regardait avec une moue dubitative. La tactique de Mal consistait à dire qu'en fait Jet devait couvrir chaque centimètre du parcours sans ralentir.

« Fonce, fiston. Tu peux le faire. »

Le coup de feu du starter, la décharge de la meute qui saute des blocks... À mi-course, Jet avait une courte tête d'avance sur les autres. « Maintenant, trouve ton souffle au fond », murmurait Mal, sur la terrasse avec Eliza à ses côtés. « C'est à toi, tu peux faire ce que tu veux. Trouve-le, trouve-le ! » Et comme Jet arrivait en secouant les bras comme un fléau dans la dernière ligne droite, et comme, les uns après les autres, tous les autres coureurs le dépassaient, la main glaciale de Mal explorait lentement son front. Mais c'est alors que Jet sembla trébucher en avant. On aurait dit que la piste avait subitement basculé et pris une inclinaison, sur laquelle il ne courait plus mais tombait. Il dépassa un coureur, puis un autre...

Quand Mal alla le voir, Jet était toujours couché par terre, le visage contre la cendre rouillée de la piste. Mal s'agenouilla, et dit : « Quatrième. Tu parles d'une belle remontée. Bel effort, mec ! C'est le caractère qui a parlé et qui t'a fait remonter. C'était ton courage, là. Je l'ai vu. J'ai vu ton courage. »

Eliza était plus loin, attendant. Mal aida Jet à se relever et lui glissa une livre pour s'acheter un Coca. La piste de course était bordée d'une courte barrière ; et au-delà, un champ de quelque chose qui poussait, et au milieu un fouillis d'arbres et de buissons. C'est vers cet endroit qu'allait Eliza, suivie de près par Mal, la tête courbée. Comme il enjambait la barrière, le choc culturel le fit presque perdre ses esprits : la piste de course était une piste de course mais c'était la terre de son *pays*...

Il s'approcha d'elle en agitant son doigt en l'air. « Écoute. Je sais, ça a l'air idiot, dit-il. Mais tu veux bien aller derrière ce buisson, et je t'appelle.

— Tu m'appelles ?

— Sur ton portable.

— Mal ! »

Se détournant, toujours courbé, il composa son numéro. Et il se mit à parler.

« Eliza ? Mal. Bien. Tu te souviens de la femme

qu'on est allés voir qui disait que j'avais un problème de communication? Eh bien oui. Elle
avait peut-être vu juste. Mais voilà... Depuis que
je t'ai quittée, et le petit Jet, je... C'est comme si
j'avais la gangrène ou un truc de ce genre. Tout
va bien pendant dix minutes si je lis le journal
ou que je regarde le golf. Tu sais. Distrait. Ou si
je tape dans une balle avec Val et Roger.» Val et
Roger étaient, de loin, le couple le plus âgé avec
lequel Mal et Eliza jouaient au tennis sur le court
de Kentish Town. «Alors ce n'est pas si terrible.
Pendant dix minutes.» Maintenant Mal avait les
deux bras autour de la tête, comme un joueur
d'harmonica. C'est qu'il parlait dans son téléphone et pleurait dans sa manche en même
temps. «J'ai perdu quelque chose, et je ne savais
pas que je l'avais. Ma tranquillité d'esprit. C'est
comme si je devinais ce que tu... ce que les
femmes ressentent. Quand ça va pas, t'es pas
simplement en rage. T'en es malade. Mal fou-
tue. Je me sens comme une femme. Reprends-
moi, El. Je t'en prie. Je jure que...»

Il entendit des grésillements et sentit la main
d'Eliza sur son épaule. Ils s'enlacèrent. *Ah!*
«Bon Dieu, Mal, qui c'est qui t'a bousillé la
figure?

— Ridicule, non? Je veux dire, des gens que
t'imaginerais même pas.»

Et elle respira un grand coup, le front plissé,

et se mit à redresser son col et à en chasser les pellicules avec le dos de la main.

6. Salon de l'auto

« Gare-toi dans l'Auberge du Parc, dit le gros Lol.

— On va pas faire ça là-dedans, non ?

— Déconne pas. J'prends juste ma camionnette. »

L'accès aux entrailles de l'Auberge du Parc ayant été facilité par le fait que le gros Lol connaissait — et avait rémunéré — un des employés du garage, les deux hommes descendirent hardiment la pente dans la BM spécial C de Mal. Puis ils se hissèrent dans la Vauxhall Rascal du gros Lol et partirent en direction de l'est vers Mayfair et Soho. Mal essayait de voir à travers la nuit. Les sabots étaient là, pesants, en désordre, comme des mines d'une vieille guerre.

« Ils ont pas l'air de vrais sabots. Trop gros.

— Ancien modèle. Avant d'en prendre des plus compacts.

— Mais ils pèsent une tonne.

— Sont pas légers, concéda le gros Lol.

— Comment on fait déjà ? »

Mal devait admettre que l'idée lui semblait

assez bonne. Elle reposait sur un rendement de masse. La pose de sabots en série : c'était leur programme. Visiblement (c'était l'argument du gros Lol), ça servait pas à grand-chose de parcourir le West End et de poser un sabot sur la Cortina isolée qui est garée sur une double ligne jaune. Ce qu'on voulait, c'était des voitures en quantité. Et où trouvait-on des voitures en quantité ? Dans un parking de l'Association nationale automobile.

Mais la question était : « Comment poser des sabots dans un parking de l'Association nationale automobile ?

— S'ils sont pas sur leur place marquée.

— Un peu dur, non, vieux ?

— C'est légal, dit Lol indigné. Tu mets un sabot même si c'est dans un parking de l'ANA. S'ils se garent mal.

— J'suppose qu'ils sont pas joyeux quand ils voient ça.

— Non, ils protestent pas trop. »

Le gros Lol tendit à Mal un autocollant pour pare-brise. « Avertissement. Ce véhicule est garé illégalement. N'essayez pas de le déplacer pas vos propres moyens. Pour assistance rapide... » Sur la vitre latérale, sa Rascal avait un autre autocollant disant que le gros Lol acceptait toutes les cartes de crédit.

« Tu leur laisses un peu de temps, et ils se calment en attendant que tu rappliques. Veulent

juste rentrer chez eux. Qui ça va être, en plus ?
Un péquenot de Luton qui sort bobonne pour
une virée en ville. »

Ils décidèrent de se limiter à un garage de hauteur moyenne juste au nord de Leicester Square.
Pas de gardien, pas de videur pour leur refuser
l'entrée. Le bras de la barrière automatique se
dressa comme pour les saluer. Au deuxième
étage : « Bingo », dit le gros Lol. Une vingtaine
de superbes bagnoles garées les unes contre les
autres à un bout, qui les attendaient, luisantes
dans la lumière inquiétante des parkings.

Ils descendirent. « Putain, c'est le Salon de
l'auto ! » lança le gros Lol. Et c'était vrai : logos
en chrome, peinture galvanisée. Ils hésitèrent
un moment tandis qu'un minicar descendait du
troisième niveau.

« Allons-y. »

Déception : seuls quatre véhicules furent jugés
dans leur tort par Lol, pour avoir débordé de
leurs lignes blanches. Mais il trouva vite une
solution.

« Okay. On leur met si elles *touchent* la ligne
blanche.

— Au tennis, dit Mal pour le modérer, les
balles sur la ligne sont bonnes.

— Eh bien, pour les sabots, les lignes blanches
te foutent dedans. »

C'était un travail éreintant. Ces anciens gad-
gets, ces sabots, on aurait dit des putains de rou-

leaux compresseurs. Il fallait les sortir de la camionnette, les dégager les uns des autres, et les mettre en position. Ensuite on se courbait — *Ah!* — et la clef en tube tournait pour mettre le ressort en prise. Puis : *clac!* Voilà le sabot qui mordait la roue de la voiture comme un piège à loup. Ensuite venait la récompense : poser l'autocollant blanc sur le pare-brise.

Le gros Lol était accroupi en train de coincer une Jaguar K-reg quand Mal lui dit : « Hé! J'vois ta fente!

— Penche toi. » Le gros Lol se leva. « Je vois la tienne.

— T'as dit on s'habille pour le travail.

— Avec une bagnole comme ça, dit le gros Lol dans un souffle rauque... ça te fend le cœur. J'veux dire, avec une tire de ce genre, t'as pas envie de lui coller un sabot.

— Tu veux la piquer, oui!

— Non. Mettre un sabot sur une bagnole de ce genre, c'est...

— Un sacrilège.

— Ouais. C'est un putain de sacrilège que de déconner avec une bagnole comme ça. »

Mal les entendit le premier. Comme quelque chose d'arraché au chant des sirènes de Leicester Square, où les anciens bruits de machines asservies et malmenées luttaient contre des bruits plus neufs, des pings, piiips, bliiips, des cuicuis et des glouglous jacassants... Big Mal l'entendit

le premier, et il s'arrêta, un genou à terre, la clef
en tube à la main. Un magma de conversations
humaines descendait vers eux, la voix de sopra-
no et de contralto des femmes, de ténor fluet et
de baryton caverneux des hommes déboucha
dans le garage, telle une salle de bal, telle la civi-
lisation, avec les uniformes des smokings, et puis
les plumes et les filets de turquoise, d'émeraude,
de basin et de taffetas.

« Lol, mon pote », dit Mal.

Le gros Lol était quelques voitures plus loin,
s'affairait sur une Range Rover en jurant.

« Lol ! »

Vous savez comment c'était ? Une révolution
à l'envers, voilà ce que c'était. Deux cow-boys
dont on voyait la raie du cul bastonnés et tabas-
sés par le beau monde. Bon Dieu : lynchés par
le beau monde. Ce qui était fantastique, à y
repenser, c'était de voir à quelle vitesse ils se
dégonflaient, les deux grands mecs, comment
leur légitimité, leur justification s'évaporaient à
vue d'œil. Le gros Lol réussit à se mettre debout
et à bafouiller quelque chose au sujet de ces
véhicules garés illégalement. Ou garés à tort. Ou
juste mal garés. Et ce fut toute leur résistance.
Big Mal et le gros Lol, ces vétérans couturés de
cicatrices dans toutes les bagarres, qui se tail-
laient un chemin à coup de ceinturon de cuir
dans les ruelles et les sorties de secours, qui
savaient se frayer un passage dans une émeute

et sortir par les toilettes de billards clandestins et de bowlings sordides, encore tassés et haletants contre des portes de sortie luisant faiblement dans la nuit... ils se contentèrent de rouler sur eux-mêmes. *Nous ne voulions pas savoir...* Mal essaya de se faufiler sous la Lotus à laquelle il venait de mettre un sabot, mais ils étaient sur lui comme des professionnels de l'antigang. Le premier coup qu'il attrapa de la clef en tube lui fit voir trente-six chandelles. Juste après, il se réveilla, et, sur un coude, couché dans une flaque de sang et d'huile, il regarda comment le gros Lol se faisait lentement tirer par les cheveux, d'une voiture à l'autre, avec les femmes qui faisaient la queue et se bousculaient pour lui donner un coup de pied au cul du mieux qu'elles pouvaient avec leurs robes longues. Les femmes ! Leur langage ! Puis ils revinrent vers Mal, et il bloqua un second coup de la clef. J'en ai pris une dans le dos, mon capitaine. Nègre est mort... Pas de repos pour les damnés. Et c'est la putain de vérité. Ils remirent Mal sur ses pieds, faisant dinguer sa bouche contre le rebord des phares, et ils le firent rebondir de capot en capot, pour qu'il arrache les autocollants des pare-brise avec ses doigts glacés. Ce véhicule est garé de manière illégale. Prompte assistance. Toutes les cartes de crédit... Après une dernière série de coups de pied et d'insultes, voilà que leurs voitures grondaient, palpitaient et s'allumaient, retrouvaient vie. Et ils partirent, laissant le gros Lol et Mal ramper l'un vers l'autre dans les fumées, les échos et le tas de sabots minables, soufflant, saignant, telles deux épaves de l'ère de la machine.

7. *Sprinter triste*

« Des gens qui sortaient de l'opéra. »

Eliza dit : « De l'opéra ?

— De l'opéra. D'accord, on s'était permis quelques libertés, le gros Lol et moi. On peut dire que c'était pas très légal...

— Tu es sûr qu'ils sortaient de l'opéra ?

— Ouais. On aurait dit un groupe qui sortait d'une première. Un gala royal ou un truc de ce genre. » Mal et Linzi avaient récemment été à un gala royal, ce qui leur avait coûté fort cher. Et il se dit que cela faisait des décennies qu'il n'était pas tombé sur un groupe plus enragé : quinze cents dégénérés en smoking, plus leurs nanas. « Non, ils avaient laissé tomber des programmes. Le Coliseum. C'est pas des agneaux, tu sais, El », lui dit-il comme pour l'avertir. Eliza avait une faiblesse pour les films où l'aristocratie était mise en valeur. « Comment ils nous regardaient de haut ! Des *dépravés*.

— Je suis allée au Coliseum. Ils chantent en anglais. C'est mieux parce qu'on peut comprendre ce qui se passe. »

Il secoua de nouveau la tête.

« Tu fais la course des pères ?

— Eh bien, je suis bien obligé.

— Avec ta figure dans cet état ? Tu tiens pas debout, Mal. Tu tiens pas debout. »

Mal se détourna. Les buissons, les feuilles qui tombaient. Les arbres : quelle espèce était-ce ? Même en Californie... Même en Californie, tout ce qu'il connaissait de la nature était soit la douce puanteur des aires de repos où il s'arrêtait, avec sa casquette de chauffeur, pour pisser un coup entre deux villes (une boîte de conserve où se mêlaient la nature et les mégots et les allumettes en carton), soit les restaurants décorés genre lagon où les truands mangeaient du homard ; une année, Eliza était venue avec le petit Jet passer tout un trimestre (pas un succès) et Mal découvrit que pour les écoles américaines la sauce tomate est considérée comme un légume. Et de toute sa vie, lui revenaient quelques symboles comme les distributeurs de fruits secs et la salade des hôpitaux et les fruits en plastique sur le chapeau de sa mère, quarante ans plus tôt, lors de sa fête du sport à lui. Et la coupe en brosse de son père, et sa tenue endimanchée. Dites ce que vous voulez sur ce qui se passait quarante ans plus tôt. Dites ce que vous voulez sur ses parents, et tous les autres, la chose qui comptait c'était qu'ils étaient mariés, qu'ils avaient l'air mariés, qu'ils s'habillaient comme des gens mariés, et qu'ils faisaient tout pour le paraître.

Elle dit : «Si tu reviens... ne le fais pas si tu n'es pas sûr de toi.

— Non, rien à craindre, dit-il. Rien de rien. Pas de danger...»

Avec un signe de tête, elle se mit à courir, et Mal suivit. Il suivit, observant la redistribution rythmée mais asymétrique des masses de son grand derrière de femme, où semblaient se concentrer toute sa vertu et toute sa force, tout son caractère, toute sa profondeur. Et il pouvait tout imaginer. Passant la porte pour un gros câlin avec Jet, et puis le gros câlin de la maman ours et du papa ours. Une évaluation sans retenue aucune de tout ce qu'il avait laissé derrière lui. Et le sourire se figeant sur son visage. Sachant que dans dix minutes, vingt, deux heures, vingt-quatre heures, il repasserait la porte de sa maison avec les bras de Jet autour de ses genoux ou de ses chevilles, comme une prise de judo, et El derrière lui, rouge, échevelée, le visage perlé de sueur, prête à continuer à baiser ou à batailler, à continuer, à continuer, à continuer. Et Mal aurait déjà franchi la porte, traversé la rue pour aller chez Linzi regarder *Chaudes Filles d'Orient* et libérer son esprit de toute idée d'avenir... Comme il sautait par-dessus la barrière, il regarda vers le parking, et, oups ! voilà qu'elle y était, Linzi sa Fille d'Orient, perchée sur le coffre bas de sa Mini MG. Eliza fit une pause. Linzi sur le coffre de sa voiture, El dans sa salopette. Coffre et salopette. Où était la transformation ? Si Linzi voulait se faire poser de nouveaux seins, un nouveau cul, si elle voulait une combinaison-pantalon en peau d'adolescente, alors, aucun, mais vraiment aucun problème en ce qui concernait Mal.

« Papa ?

— Jet, mon grand.

— Ils sont prêts. »

Mal enleva d'une secousse ses mocassins et se mit à avancer pesamment vers la ligne : *Ah !* Il donna à Jet sa veste lorsque la sonnerie de son portable retentit.

« Lol ! J'ai essayé de te joindre toute la journée, mon vieux. Une sorte d'Arabe a répondu à ta place. »

Le gros Lol dit qu'il avait dû le balancer, son portable.

« Pourquoi ça ? »

Sa camionnette avait ramassé un sabot !

« M'en parle pas. Ils ont fait pareil pour ma BM ! »

Toi comme tout le monde !

« Ouais. Écoute, j'peux pas te parler. J'dois courir dans une course. »

Le gros Lol dit qu'il allait faire quelque chose
ce soir.

« Ouais ? »

Sur les alarmes des voitures.

« Ouais ?

— Papa ? Ils attendent. Magne-toi.

— J'en suis, mec. À tout à l'heure, fiston.

— Et déconne pas, dit Jet.

— Ça m'est déjà arrivé ?

— T'es un sprinter de merde, papa.

— Je quoi ?

— T'es un sprinter de démerde.

— Ah oui ? Alors regarde bien. »

Les pères étaient en rang sur la ligne de
départ ; Bern, Nusrat, Fardous, Someth, Adrian,
Mikio, Paratosh et le reste, pas de grande diffé-
rence d'âge mais tous à des rangs différents dans
la grande course de la vie, avec des bides, des
calvities, des CV différents, des états divers de
séparation, de contentement, d'aliénation, certains avec leurs propres pères déjà décédés,
certains avec leurs mères encore en vie. Mal les
rejoignit. C'était la course des pères. Mais les
pères font toujours la course, par rapport aux
autres ou à eux-mêmes. C'est ça, être un père.
Ce fut le coup de feu qui marqua le signal de la
grande ruée. Aussitôt Mal sentit à peu près dix-
neuf choses se passer en même temps. Toutes
ses articulations — hanche, genou, cheville,
colonne vertébrale — plus une liquéfaction

urgente sur un côté de son visage. Après cinq enjambées titubantes, la douleur était là et elle ne le laissa plus tranquille. Mais le grand Mal continua à courir, comme il faut le faire. Les pères couraient tous de plus belle, avec une ardeur lourde, dans un tonnerre de pieds en chaussettes ou en chaussures de gym, mais tous faisant résonner les sabots de bois de leurs années. Leurs têtes étaient rejetées en arrière, leurs poitrines fendaient l'air, ils bavaient et haletaient pour atteindre le premier virage et le poteau, au bout de la dernière ligne droite.

New Yorker, 1996